ハヤカワ文庫 SF
〈SF2023〉

宇宙英雄ローダン・シリーズ〈503〉

惑星クラトカンの罠

クルト・マール&クラーク・ダールトン

小津 薫訳

早川書房

7611

PERRY RHODAN

TODESFAHRT NACH FELLOY

DIE FALLE VON CRATCAN

by

Kurt Mahr

Clark Darlton

Translated by
Kaoru Ozu
First published 2015 in Japan by
HAYAKAWA PUBLISHING, INC.
This book is published in Japan by
arrangement with
PABEL-MOEWIG VERLAG GMBH
through JAPAN UNI AGENCY, INC., TOKYO.

目次

惑星クラトカンの罠

フェロイ星系への決死隊

クルト・マール

登場人物

サーフォ・マラガン ブレザー・ファドン スカウティ	………ベッチデ人のもと狩人
クルミツァー	……………………クラン人。《サントンマール》第一艦長
ダボヌツァー	……………………クラン人。《サントンマール》第二艦長
3＝マルリ	……………………アイチャルタン人。《従順の力》乗員

1

光が色とりどりに反射し、男の顔をかすめる。男は混乱した視線をときどきあちこちにさまよわせ、目にうつるイメージを頭で理解しようとつとめていた。額の上には皮膚が盛りあがって透明になった部分があり、それが頭頂部までつづいていて、黒っぽい短髪の分け目のように見える。

クランドホル公国艦隊の新入り乗員であるサーフォ・マラガンにとって、自分がどこにいるのか、もはや疑う余地はなかった。仲間ふたりとともに、理解レベルの第七段階と思った謎の岩塊に近づいてから、どれほどの時がたっただろう？　アイチャルタンの宙賊一味に攻撃をしかけられ、とりおさえられ、ひっぱってこられてから何時間たったのか？　ぼんやりと思いだす。通廊やトンネルやパイプがいりくんだなかを、自分は無重力状態で漂ってきたらしい。目に見えない手によって、技術機器はすべて奪われた。

ブラスターも通信装置も。スカウティとブレザー・ファドンの姿はどこにも見あたらない。このホールにくるまでは、ずっと闇のなかだった。

光は絶え間なくかすめているものの、ホールは薄暗いままで、ちらつく光に視線が惑わされる。数分たって、この光インパルスは金属やガラス面の反射にすぎないのだと確信した。ホールは尖塔のようなドーム形で、たいらなのは床だけだ。それ以外のものは、すべてゆがんだり、湾曲したり、まるまったりしている。ドームには直線も角もなく、なにもかもがまるかった。

壁には幅一メートルたらずの金属製ベルトがいくつも、さまざまな角度で上方にのびている。壁のいたるところにとりつけられている機器に近づくための手段だろう。そのとき、人影がさっと動き、無数の聞き慣れない物音がした。マラガンは自分がアイチャルタン人の宇宙船内にいることは知っていたが、それ以上のことはわからなかった。

気がつくと、数メートル上方のベルトに窪みができているところがあった。そこにだれかがうずくまっている。卵形の禿頭《とくとう》にふたつの大きな目。マラガンは魚の目を想起した。鱗《うろこ》におおわれてまるみを帯びた肩に、じかに頭がついている。そのつけねには大きな袋状の器官があった。袋の内側に血管がはしり、リズムを変えながらたえず脈打っている。

そのアイチャルタン人は裸だった。クラン人の資料によれば、アイチャルタンの宙賊は緊急時しか衣服を身につけないという。頭蓋のつけねを襟のようにかこむ海綿状のふくらみには、予備の知覚器官がそなわっているそうだ。肩からは二本のたくましい腕がのび、その先に手があって、指のあいだは水かきでつながっている。肋骨に似た腹部からは本来の腕より長い触腕がつきでており、驚くべき可動性を持っていた。

鱗におおわれた皮膚、魚のような目、水かきを見るまでもなく、アイチャルタン人は海洋生物の末裔《まつえい》だ。吸いこむ空気は湿っぽく暖かかった。キャビンはその配置からして、海底の施設を思わせた。

禿頭の生物が上に目をやると、目から閃光が出て、湾曲した金属の鏡に反射した……どこに向けて発された光なのか、マラガンには見えない。その直後、クラゲに似たものが漂い流れてきた。こぶし大で濃い青色をしている。禿頭の生物はそのクラゲをつかみ、頭のつけねをかこんでいる襟状器官に押しつけた。クラゲは脈打ちはじめ、動くにつれて表面の色が変わっていった。アイチャルタン人の目がおちつきなく不安げに輝き、前につきでた唇が動いた。

割れんばかりの大声で、クランドホル語が話されるのが聞こえた。

「おまえが所属しているのは第何艦隊だ？」

＊

マラガンは光りながら脈動するクラゲを持った相手を唖然として見つめた。クラゲが声を発したのか？　マラガンがためらっているあいだに、クラゲ形物体はあらためて動きだした。言葉がくりかえされたとき、マラガンはクラゲが言葉のリズムにあわせて動いているのに気づいた。

トランスレーターだ！　このクラゲはアイチャルタン人とクラン人の言語を同じようにマスターしており、どちらにも翻訳できるということ。クラン人も同様の機械を持っているが、プラスティックと金属でできたエレクトロン装置だ。それにたいし、このクラゲ形物体は……いったいなんだろう？　動物……あるいは、有機物質でつくったマシンなのか？

「いらいらさせるな」大声が答えをうながした。「第何艦隊に所属しているのだ？　話さないなら、無理強《じ》いすることになるぞ」

「第八艦隊だ」サーフォ・マラガンはうっかり答えた。

ぎくりとした。なんということをしでかしたのだ！　アイチャルタン人はクラン人にとって最強の敵だ。その敵に情報をあたえるとは、いったいどうした？

「第八艦隊か」声はくりかえした。「基地はどこにあるのだ？」

マラガンは頭皮がむずがゆくなった。

「知らない」かれは答えた。

「なぜ知らないんだ？」

むずがゆさが増し、痛みがくわわった。頭皮が緊張している。

「わたしは若い新入りだ。新入りはそういったことは知らない」

それは本当だった。サーフォ・マラガンは第八艦隊のネストの座標を知らなかった。だが、なにか口を滑らせたら、それをヒントにアイチャルタン人がネストを探しだす恐れはある。頭皮の痛みが増し、マラガンは顔をしかめた。皮膚が裂けそうだ。

「しかし、第八艦隊に何隻が所属しているかは知っているはず」声には不自然な響きがあった。「そのうち何隻が現在、基地にいるのかも」

「それも知らない」マラガンはいった。「かりに知っていたとしても、あんたに教えるわけにはいかない」

痛みがひいた。頭皮の上を這いまわっていたなにかが、支えを失って落ち、頬に触れる。マラガンが床に目を落とすと、長さ二センチメートルの虫が身をくねらせていた。スプーディだ！

「おまえの知っていることをつきとめてやる」脅すような声がした。「こちらの問いに自発的に答えたほうが、おまえのためだ。無理強いされて、ひどい目にあうよりも」

マラガンは啞然として、ちっぽけな虫を見おろした。惑星キルクールを出て以来、かれはつねにこの虫とともにいた。スプーディの存在に慣れきっていたので、意識にのぼらぬほどだった。このちいさな共生体のおかげで、ものごとのこみいった関連性をすばやく理解したり、クラン人の技術世界に順応したりすることができたのだ。そのスプーディがいま、自分からはなれ、床で動かなくなっている。スプーディは死んでいた！

「聞いているのか？」声が轟《とどろ》き、クラゲ形のトランスレーターがもどかしげに脈動した。

マラガンの頭に鈍い重みがくわわった。

「聞こえている……気分が……気分がよくないのだ」と、あえぐようにいった。弁解ではなかった。実際にひどい気分だった。脳が圧迫され、目眩《めまい》がして、マラガンはよろめいた。光のちらつく異質なホールが、周囲で回転しているような気がする。禿頭のアイチャルタン人が襟状器官からクラゲ形物体をとりはずしたのも、目による命令を頭上の鏡に反射させて送っているのも、見えなかった。

マラガンはくずおれ、床に倒れた。それをアイチャルタン人の腕と触手がつかんで持ちあげ、やわらかい敷き物に寝かせる。敷き物は動きだした。遠くで光のまたたきが消え、マラガンはふいにまた、闇につつまれた。

2

クラン艦《サントンマール》の第二艦長ダボヌツァーは、名もなき惑星の赤道大陸へと艦を接近させていった。コンピュータ制御の探知スクリーンで、大地の輪郭が見てとれる。東から西にのびる山塊の南端に、赤い光点が見えた。

アイチャルタン人の宇宙船だ！

ダボヌツァーはクラン艦隊の濃褐色の制服を着ていた。頸のまわりのグレイのたてがみが、使わないときはフードのようにおろしている透明ヘルメットを、なかばおおっている。ダボヌツァーは知性あふれる褐色の目を、考え深げに表示装置にはしらせた。なにかを聞きとろうとするように、濃い毛髪の下からつきでた耳を尖らせて。

周囲のあわただしい動きは、極度の非常事態にあることを物語っていた。《サントンマール》は戦闘準備を完了し、ダボヌツァーは光バリアのスイッチをいれるべく合図を待っていた。バリアのエネルギー・フィールドが敵の攻撃から艦を守ってくれる。司令スタンドの中央の、二段上にあるポデストでは、第一艦長のクルミツァーが、おびただしい数の通信装置があるコンソールの前にすわっていた。すべての鍵はクルミツァーの手に握られている。

この瞬間、敵の指揮官がなにを考えているのか、ダボヌツァーは想像しようとした。ついさっき、山中にかくされていたアイチャルタン人の宇宙船を発見したのだ。敵は《サントンマール》が攻撃をしかけてくるのを察知したにちがいない。宇宙船は微動だにしなかった。カムフラージュで安全がたもたれていると信じているのだろうか？　アイチャルタン人の宇宙船は、外見的には不規則なかたちの岩塊に似ているが、内部には白アリの巣のように無数の通廊とちいさなキャビンが縦横にはしっている。

ダボヌツァーはある種の不安をいだいていたが、おもてには見せなかった。この第二艦長は老練の戦士で、アイチャルタン人のロボット部隊とはたびたび戦闘になったことがあった。だが、山中にかくされた宇宙船はロボット船ではない。アイチャルタン人の乗員が乗っており、《サントンマール》よりもさらに大型の巨船だ。このタイプの船についての情報はほとんどない……とくに、アイチャルタンの宙賊はきわめて多種類の船を所有しており、どれも特定の目的にそって建造された印象があるから。はたして《サントンマール》は敵に対抗できるのだろうか？　ダボヌツァーには確信が持てず、そのため不安はつのった。もしかれがクルミツァーの立場なら、援軍を呼びよせていただろう。

合図が鳴りひびいた。有効射程距離だとダボヌツァーは確認し、赤く光る大型のスイッチを押した。光がかすかに明滅しながらスクリーンをかすめる。一秒後、スクリーンはふたたび静止状態にもどった。光バリアをはっても内側からは透けて見える。外側からのみ、《サントンマール》が金色の炎につつまれているかのように見えるのだ。

「かれらはなにをたくらんでいるのだろう？」と、クルミツァーの声がした。

声はダボヌツァーが耳のなかに装着しているマイクロ受信機から聞こえてきた。かれはクルミツァーから話しかけられたことに驚いた。戦闘を前にした決定的瞬間に、第一艦長が部下に話しかけることなど、ふつうはないからだ。

「カムフラージュに安心しているのだと思います」ダボヌツァーは答えた。「こちらの砲撃が命中したときに、はじめて動きだすのでしょう」

「ベッチデ人の新入り三人がアイチャルタン人の船に乗っているが、ぶじだろうか？アイチャルタン人が交渉に応じる可能性は、どの程度あると思う？」

ダボヌツァーの驚きは増した。こんどは助言をもとめられている！だが、この問いに深い意味はない。アイチャルタンの宙賊が敵との交渉に応じた例は聞いたことがないからだ。クルミツァーもそのことを知っている。それなら、なぜ訊くのだろう？

ごく最近、クランドホル公国に併合されたばかりの故郷世界からきた新入りたちにあたえられたのは、無人の名もなき惑星でアイチャルタン人の基地を探すという任務だった。この計画を遂行するのに、クルミッツァーはよりによって、未経験者三人を選んだ。下級艦長の多くはこれを奇異に感じたが、結局、決定するのはクルミッツァーである。三人はその惑星に着陸し、調査するうち、待ちぶせていた敵に捕まったのだ。

戦闘経験がもっとも乏しい新入り三人を選んだこと以外にも、この計画には奇妙な点があった。《サントンマール》は当初、十八隻からなる部隊の一隻として第八艦隊ネストから出発した。だが、時間軌道を出て通常空間で物質化したとき、ほかの十七隻は消えていた。艦内では、あわやパニックが起きるところだった。ただひとり、クルミッツァーだけがおちついており、航法に誤りがあったのだといった。旗艦をふくむ十七隻すべてが航法ミスをおかし、《サントンマール》だけはまぬがれたというのか？

「交渉に見こみはないと思います」ダボヌツァーはいった。「アイチャルタン人は類を見ないほど狭量な連中で……」

探知スクリーン上で赤い光点が動いた。まるで、カタパルトで高く発射されたかのように。司令スタンドにけたたましい警報が響きわたった。《サントンマール》は砲撃を開始した。

ダボヌツァーはスクリーンで光が揺らめいたように感じた。その瞬間、艦にはげしい震動がはしる。

戦闘がはじまったのだ。

3

サーフォ・マラガンは考えるのが困難な状態だった。ちいさなドーム形のキャビンで寝椅子に横たえられている。そこにいたるまでに数多くの明るい場所、暗い場所、横穴、トンネルを通りぬけた。長い道のりだった。寝椅子は目に見えない力によって支えられ、浮遊している。マラガンはからだを動かすことも立ちあがることもできた。だが、どこへ行こう？　いったいどちらに向かえばいいのだろう？

天井には光が揺らめいているが、キャビン自体は薄暗い。アイチャルタン人にとっては理想的な明るさであるように思えた。かれらの先祖が生息していた深海の薄暗さだ。ときどき、天井の光がまばゆく感じられた。光源が動いているのだ。その反射がマラガンの制服をかすめると、触られているように感じた。アイチャルタンの宙賊は多くの動作を光でおこなう。聴覚によらないコミュニケーションには光のみを使い、話をするときも目から光を発するのだ。

マラガンは仲間のスカウティとブレザー・ファドンに、さらには故郷惑星キルクールの住民たちに思いをはせた。何世代もがそこで生まれ育ち、滅びさった。伝説によれば、ベッチデ人の先祖は巨大な船で宇宙空間をめぐっていた宙航士だという。巨船はいつか帰還し、ふたたびベッチデ人を乗せにやってくるのだと、伝説は強調している。

船はやってきたが、《ソル》という名の先祖の船ではなく、クラン人の宇宙船だった。クラン人はキルクールをクランドホル公国に併合し、住民たちの頭皮下にちいさな昆虫に似た生物を埋めこんだ。ベッチデ人はそれ以来、公爵の補助種族として特定の任務をはたすことになった。ベッチデ人種族の数は多くなかったので、クラン人はサーフォ・マラガン、スカウティ、ブレザー・ファドンという三人を徴用するだけで満足した。

三人はクラン艦《アルサロム》に乗り、第八艦隊の基地に向かった。クラン人たちは、その基地のことを〝ネスト〟と呼んでいた。ネストは巨大宇宙ステーションで、星のない虚無空間に漂っている。まもなく新入り三人は、新生活がはじめに想像していたほどスリリングでも刺激的でもないことを知った。多くのことを学ばなければならず、そのさいは頭皮下のスプーディが助けてくれたものの、精力的にとりくもうと思っていた《ソル》の捜索とはかけはなれていた。クラン人は、新入りたちに自力で伝説の幽霊船を探させようとは思っていなかった。

三人は若い新入りに必要な知識をすべてあたえられたのち、《サントンマール》に乗せられた。《サントンマール》はほかの十七隻とともに第八艦隊ネストを出発した。クランの偵察機が五百光年にも満たないポジションで発見したアイチャルタンの宙賊の基地に、奇襲攻撃をしかけるためだ。《サントンマール》が時間軌道をはなれたとき、ほかの艦は消えており、目の前には三惑星からなるちっぽけな星系があった。アイチャルタン人の基地があるのは第二惑星だと、第一艦長クルミッァーは語っていた。アイチャルタン人は奇妙な種族だ。その宇宙船はふつうでは予想もつかない場所にあらわれた。これまでのところ、かれらは公国に併合されることに抵抗をつづけている。そのため、クランドホル公国にとってはもっとも警戒すべき敵だった。それだけに、三人の新入りは、第一艦長がよりによって自分たちを偵察部隊に選んだことに驚いた。三人は小型搭載機で未知惑星に着陸し、キルクールのベッチデ人をひきいていた男にちなんで、そこをセント・ヴェインと名づけた。

セント・ヴェインで三人はさまざまな冒険をしたが、そのどれも、クルミッァーが課した適性試験の意味を持っていたのだ。第一艦長はかれらを、アイチャルタン人の基地を探させる目的でそこに送りこんだのではなかった。三人は試験に合格したが、最後の瞬間に、だれも予想していなかった展開となった。山中にアイチャルタンの宙賊の宇宙船がかくされていたのだ。それは巨大な岩塊に似て、表面には無数の穴があいていた。アイチャルタン人は三人を宇宙船の方角に誘導したあと、拘束したのだった。以来、マラガン、スカウティ、ファドンは宙賊の捕虜となった。アイチャルタン人はどうやら、クラン人の戦闘計画についての重要な情報を三人からひきだそうとしているらしい。だが、そろそろ誤りに気づくだろう。三人はなにも知らないからだ。無知な自分たちを捕らえたと知ったら、アイチャルタン人はどんな反応をしめすだろう？　マラガンはそれが不安だった。

物音が聞こえた。巨大な岩塊の奥のほうで轟音《ごうおん》がし、なにかが破壊される音がする。爆発音のようだ。

＊

轟音はつづいている。音のくる方角も距離もさまざまだった。ときどき極度に大きくなると、マラガンは空気が震動しているように感じた。

突然、寝椅子がまた動きだし、直径八メートルの断面を持つ円形のトンネルに突入した。このときマラガンは、アイチャルタン人の宇宙船内部になんらかの変化が起きたことを知った。

それまでかれは、この巨大な岩塊船の内部はからっぽで、人けがないものと思っていた。通廊は暗く、陰気で、しんとしずまりかえっていた。だがいま、トンネルはこうこうと照らされている。そのなかを、アイチャルタン人の乗った乗り物が高速で動いていた。例外なく、マラガンとは反対の方角をめざして。マラガンの寝椅子は遠隔操作されているらしく、トンネルの壁にぴったりそって動いていた。マラガンの上下左右を、大きさも乗員の数もふたりから三十人とさまざまな、アイチャルタン人の宙雷形の乗り物が通りすぎていった。マラガンははじめて、着衣のアイチャルタン人を見た。奇妙なかたちをしたその衣服からは、毛のない頭蓋だけがつきでている。頭蓋のつけねにある輪のような襟状器官は透明カバーにおおわれていた。緊急時にはそれがヘルメットのかわりになるのだろう。耐えがたいほどの騒音だった。乗り物はうなりをあげ、サイレンは轟き、どこからともなく大声が割りこんでくる。その言葉は宙賊のもので、刻一刻と強まっていく轟音とうなり音に重なって聞こえた。

　戦闘だ！　アイチャルタン人は戦いに出ていくのだ！　船が攻撃されたということ。その意味がゆっくりとわかってきた。相手はクルミツァー、≪サントンマール≫だ！　クラン人がアイチャルタン人の宇宙船に攻撃をしかけたのだ。マラガンは光に満たされたトンネルを移動するあいだじゅう、自分を乗せたおかしな寝椅子の縁に両手でしがみついていた。ぐらつかないように、落ちないように！　次に乗り物がやってきたら、めちゃめちゃに壊されかねなかった。岩塊船はおそらくもとの位置にはもういないだろう。自分が気づかないうちに出発したのだ。戦いは宇宙空間でくりひろげられる。マラガンは突然、閉じこめられたように感じ、額に汗が浮かんだ。次の瞬間、砲撃が自分のそばにあるトンネルの鋼の壁を破壊するかもしれない。おさえきれない不安に襲われた。

突然、トンネルをぬけた。寝椅子はわき道に曲がる。そこはしずかで、光もそれほどまぶしくない。その直後、マラガンはアーチ形の入口をくぐって、尋問がおこなわれたドーム形のひろいホールに滑りこんでいた。寝椅子がかたむき、直立して、マラガンは床に滑りおちた。立ちあがると、寝椅子は音もなく消え失せた。あたりを見まわす。まず薄暗がりに目が慣れなければならなかった。戦闘の騒音は遠くのほうから耳にはいってくるだけだ。

マラガンはそばにふたりの人影が立っているのに気づいた。それがファドンとスカウティであることに気づくと、安堵の思いに満たされた。

*

ふたりは恐れと不安を目にたたえながら、マラガンのほうに突進してきた。マラガンはスカウティをひきよせて肩を抱いた。不安が消え、冷静になった。ふたりはマラガンをたより、その助言を期待していた。

「なにがあったの？」スカウティが小声で訊いた。「あの騒音はなに？」

「きみたちも尋問されたのか？」マラガンは問いかえした。

ふたりはうなずいた。

「ばかげた質問ばかりだった」ファドンがうなるようにいう。「クラン艦隊が設置する予定の兵器はどういう原理で動くかとか、次はどこに向けて出撃するかとか……」

マラガンは黙るようにと手でさえぎり、

「きみたちのスプーディはどうした？」

スカウティは思わず頭に手をやった。

「尋問がはじまったときに這いだしてきて、落ちて死んだわ」

ファドンも同じようなことをいった。

「たぶん、保安対策のためだ」マラガンはいった。「スプーディは、われわれが重要な情報をもとめられたり、強要されたりしたらすぐに脱落するよう、プログラミングされているんだろう」

スカウティは恐怖のあまり、目を大きく見ひらいてかれを見つめた。

「たしかにそうね！　あなたは感じない？　そのとき以来……」

「そのとき以来、考えるのがひどくむずかしくなったと？」マラガンは苦笑いするのが精いっぱいだった。「もちろん感じてるさ。まるで、ハンマーで頭を殴られたみたいだ」

「捕虜たちは雑談をやめよ！」高いところから声が轟いた。

マラガンが見あげると、最初のときとは異なるものが見えた。金属製ベルトにそって置かれた皿状シートに、大勢のアイチャルタン人がすわっている。その多くが、襟状器官の前のほうに、トランスレーターの機能を持つ例のクラゲ形有機体をつけていた。

「おまえたちは、役にたつ情報は持っていないといいはっている」と、一アイチャルタン人。マラガンが湾曲した壁面に視線をはしらせると、その宙賊のクラゲが言葉のリズムにあわせて震え、光っているのがわかった。「どんな捕虜もそういういいわけをするのがふつうだ。無理やりに情報を奪いとる方法もあるが、検査の結果、おまえたちはごくわずかな知識しか持っていないことがわかった」

検査……あの動いていた光だ！　アイチャルタン人は自分たちの意識を分析していたのだ。

「おまえたちはなんの役にもたたない」轟くような声はさらにつづけた。「われわれの教えでは、知性体を殺すことは禁じられている。例外はわずかだが、おまえたちはその例外にはあてはまらない。よって、艦にもどしてやる」

マラガンは耳をそばだてた。クランドホル公国では、アイチャルタンの宙賊は冷酷無慈悲なことで知られている。本気で自分たちを解放するのだろうか？　相手の寛大さにマラガンは疑念をいだいた。その直後、疑念が正しかったことが明らかになった。

「準備がととのいしだい、おまえたちを運びだす」だれのものともわからぬ声が伝えた。「宙賊と呼ばれるわれわれが、おまえたちを逃がすからといって、生きのびられることにはならない。おまえたちは船の残骸で満足しなければならないのだ！」

4

ダボヌツァーは猛烈な勢いで前方に投げとばされ、幅広のハーネスにからだを押しつけられた。一スクリーンがはげしい音とともに粉々に砕け散り、かれの作業エリアにガラスの破片が雨あられと降り注《そそ》いだ。背後でサイレンが轟き、甲高《かんだか》い警報音が耳をつんざくように響く。《サントンマール》のひろい司令室に煙がたちこめ、ダボヌツァーの耳に負傷者たちのうめき声が聞こえてきた。もうもうたる煙を通して、医療ロボット一体が横倒しになっているのが見えた。

艦はエンジンがとまり、縦揺れしていた。艦載兵器の三分の二は破壊されていた。スクリーンは明滅し、もはや防備の役にはたたない。《サントンマール》は冷酷無情な敵の手にゆだねられた。アイチャルタン人の黒い閃光が、クラン艦隊でも最新の装備を持つ艦を、燃えさかる残骸へと変えてしまった。

大部分の機器はもはや機能していなかった。敵の居場所はわからない。ダボヌツァーはすこし前にすべての予備エネルギーを作動させていた。《サントンマール》を前進させ、広範囲におよぶ敵の砲撃から逃れようとして。だが、エンジン・セクターの反応に落胆させられた。装置は規定出力の数パーセントしか作動せず、その機能にはむらがあった。巨大な艦は旋回し、ふらつきはじめた。

「持ちこたえられるか？」

その声は轟音に妨害されて聞きとりにくかった。ダボヌツァーは機器類で過負荷になった制御プレートにいるクルミツァーのほうに目をやったが、たちこめる煙に視界をさえぎられた。

「無理です」ダボヌツァーは答えた。「艦は崩壊寸前です」

「艦首部分を分離できないか？」

この型のクラン艦はいずれも、非常事態のさいには艦首を本体から切りはなし、別個の飛行物体として動かすことができる。

「無理です。もはや分離装置の制御がききません」

「了解」クルミツァーの声が轟音のなかに聞こえてきた。「脱出する」

もうもうたる空気を通して、赤と青の閃光が刺すようにきらめいた。音響による警報装置はもはや機能しない。光信号によって、艦から撤退するという命令が伝えられた。赤と青の光……〝搭載艇に行きつけ！〟という合図だ。

ダボヌツァーはハーネスをゆるめ、ななめにかたむいた司令室の床に、必死で立ちあがった。ヘルメット・テレカムから、爆発の轟音と雑音に混じって多くの声が聞こえてきた。どぎつい閃光が濃い煙を切り裂き、切れ切れになった薄い煙が高速で去っていく。白い霜がダボヌツァーの制服におり、ヘルメットの透明ヴァイザーをおおった。流出する空気の吸引力にぐいぐいひっぱられるが、からだは重いコンソール二基にはさまれてぶじだ。そのとき、ヘルメット・ヴァイザーの霜が解けた。見まわすと、頭上でライトがひとつ輝いている。まだ機能をはたしている装置はこれだけだ。煙は消えていた。ダボヌツァーは数分前まで自分がすわっていた席の方向に目をやった。それも、壁の一部もろとも消えていた。巨大な穴を通して、漆黒の宇宙が口を開けている。

ダボヌツァーは艦尾に通じる幅広の通廊に行きついたが、照明は消えていた。ヘルメット投光器の光芒が、真空状態のなかで障害物を見つけたときだけ、それをぼんやりと照らしだした。いまなお受信機から聞こえる騒々しい声をのぞくと、すべてがしずかだった。通廊の床や壁を触ったときだけ、はげしい震動が感じられ、それがすぐさま、艦全体に伝わっていった。

敵の砲撃がやんだことは、経験を積んだ戦士の鋭い直感でわかった。二次爆発の恐れを感じた。艦は崩壊の危機に瀕していた。搭載艇格納庫に行く潮時だ。

ダボヌツァーは右に曲がった。遠くで蛍光ランプがまばゆく輝いていた。そのほうへふらふらと歩いていき、縁がぎざぎざになった大きい穴のところまでやってきた。そこで急停止する。艦の人工重力装置が突然に故障し、衝撃で高みに向かって投げだされた。グラヴィトロンの力が働いたのだ。かれは右手で鋭くまくれあがった金属の縁にしがみつき、左手で必死にスイッチを探った。グラヴィトロンのスイッチを切ると、無重力状態になる。穴から宇宙空間が見えた。ついさっきまで通廊のつきあたりにあった格納庫はいま、通廊もろとも消えていた。爆発は艦首の左舷部分をほとんど吹きとばしていた。前に乗りだすと、はるか眼下に、ずたずたにひきさかれた左舷主翼の残骸が見えた。

「助けてくれ……」

弱々しいあえぎが聞こえた。まぎれもなく、すぐ近くからだ。ダボヌツァーのヘルメットがぴくりと動いた。ヘルメット投光器が、八メートル下で鋼の支柱がつぶれているのを照らしだした。支柱のあいだに、ぐったりしたからだがはさまっている。

ダボヌツァーは決心をかため、穴からゆっくりと出ていった。艦の側翼が、艦首部分から本体のところまでひきさかれていた。艦本体の上方には観測室の床があるはずだったが、いまは太い柱がのこっているだけで、湾曲した床の一部がグロテスクに折れ曲がり、宇宙の漆黒に向かってのびている。ふたつのまばゆい光源がダボヌツァーの注意をひいた。搭載艇二隻のエンジンから粒子流が噴出され、燃えさかる尾のように闇を貫いている。それはしだいに弱まり、消えていった。

あと何隻の搭載艇がのこされているのだろう？　ダボヌツァーがめざしている格納庫

には、四隻あったはずだ。ほかの格納庫も同様の運命をたどったにちがいない。安全を確保するためには一刻の猶予もなかった。だが、下では重傷を負った者がいる。見殺しにする気にはなれなかった。

ダボヌツァーは裂けた壁伝いに、もつれあった支柱へとおりていった。敏捷《びんしょう》な身のこなしで一本の支柱をおりていき、身動きしないからだのすぐ前で浮遊しながら、そっといった。

「助けにきたぞ。痛みがあったらいってくれ。どこをやられたのだ？」

答えはなかった。念のため、負傷者のヘルメットに手をのばし、自分のほうに向けた。ヘルメット投光器に照らしだされたのは、青ざめた顔だ。死んだ目がこちらを凝視していた。手遅れだった。

*

ひっきりなしの鈍い爆発音はしずまり、ダボヌツァーは艦首部分と艦本体を連結していた一反重力シャフトの床に立っていた。グラヴィトロンのスイッチをいれ、下方向への力が働くようにする。ブーツの底が床についた。搭載艇が出発するときの弱い震動を感じた。ひとつ、またひとつ。

「第二艦長ダボヌツァーだ」と、ヘルメットのマイクロフォンに向かっていった。「まだ乗る余地のある搭載艇を探している。わたしの居場所は……」

応えはなかった。ひとりぼっちになったらしい。ヘルメット・テレカムの沈黙がその証拠だ。興奮した声も、とっくに消えていた。最後の搭載艇は出てしまったのだ。

ダボヌツァーはシャフトから外に出た。艦本体のなかを通っている通廊が、あと数十センチメートルのところでふたつに分かれている。左半分は下方に、右半分はかつて観測室があった場所に向かう斜路のようになっている。斜路のほうを選び、無重力状態で進んでいった。あちこちに、ぽつりぽつりと照明がともっていた。すくなくとも非常用機器の一部は機能しているということ。これを利用して一キャビンを、ひょっとしたら一デッキをまるごと、気密状態にできるかもしれない。呼吸用の備蓄空気がきっと、どこかで見つかるはず。そうすれば、もっと自由に動くことができ、重い防護服にたよらなくてもすむ。ブラスターがあるから、溶接用の道具として使える。ある程度の性能を持ったグラヴィトロンが見つかれば、自前の気密室に人工重力場をつくることもできるだろう。

ダボヌツァーは艦のひろい裂け目から外に滑りでた。目の前に太い柱があり、その上に観測室の床が載っていた。さっき艦首部分から見えた残骸の一部が、記念碑のように高々とそびえている。ずたずたになった金属の縁ごしに、星々の方向に目をやった。《サントンマール》の残骸が宇宙空間を漂っていた。遠心力が働いた結果、鋲で固定されていないものはすべて、徐々に飛びさっていったのだ。グラヴィトロンを見つけたいが、しっかりと床に固定されていなければ、とっくに押し流されているだろう。自分自身も用心しなければならない。ダボヌツァーは飛翔装置のスイッチをいれ、艦の縦軸をさししめすように重力ベクトルを調節した。この方法で、ある程度は安全になった。

残骸の下をくぐりぬけ、艦本体の比較的たいらな背面が艦尾に向かって湾曲している縁のほうへと慎重に動きながら、縁ごしに、すでに見慣れた光景を認めた。見るも無残に裂けた壁の下から、艦の骨組み、大きくあいた穴、曲がった操縦棹が姿を見せた。恒星密集域の中心に位置する未知恒星に照らされ、《サントンマール》の艦尾部分が漂っている。艦体は灼熱の火球のほうに向かって旋回しながら、ゆっくりとダボヌツァーの頭上の高みへとあがっていった。

ダボヌツァーは周囲を見まわすうち、艦側面のある個所が奇妙なかたちにゆがんでいるのに気づいた。そこの金属部分は一時的に液状化したらしく、外側に向かって膨張し、風船のようなかたちになっている。〝風船〟の直径は二十メートルあった。金属が熱に抵抗した上端部分に、グリーンの標識らしきものが見えた。

搭載艇格納庫をしめすグリーンか？

ダボヌツァーは縁をこえ、鋼の側面にそって下のほうへと移動していった。

＊

風船の周囲には多くの亀裂が生じていた。そのうちのひとつはダボヌツァーがくぐりぬけられるほどの大きさだった。かれは巧みに動いてなかにはいりこんだ。ヘルメット投光器がほとんど損傷をこうむっていない搭載艇を照らしだしたときには、思わず満足の叫び声をあげた。艇は三十人乗りの、中くらいの大きさのものだった。乗員がこの艇をのこして脱出したのは、格納庫エアロックがもはや開かなかったからだろう。

ダボヌツァーは艇の周囲をまわっていった。艇首の近く、白いラッカー塗装の上に、黒の文字で《ヴァッコム》と名前が焼きつけられていた。艦の外被の金属が液状化したさい、それを外に押しやったのは、この《ヴァッコム》だったのだ。だが、搭載艇の艇首と艦の外被とのあいだには、どこにも溶けた形跡がなかった。

司令エアロックはかんたんに開いた。せまく薄暗い通廊を通って、ダボヌツァーは丸天井の操縦室についた。ヘルメット投光器であたりを照らし、中央の柱のそばにある主制御パネルを見つけた。防護服の重い手袋を使ってさまざまなスイッチを押す。照明がともった。搭載艇自体の供給エネルギーは損われていなかったのだ！　さらにもうふたつのスイッチを押し、耳を澄ませた。艇がうなりをあげはじめ、ヘルメットの外側マイクロフォンから、しゅうしゅうと甲高い音がとぎれなく聞こえてきた。ダボヌツァーは左腕を曲げ、手袋の外側にはめこまれている道具類のひとつである気圧計を見つめた。ちいさな光るマークが動きだし、周囲の圧力が高まっていく。艇内が呼吸可能な空気で満たされた。

ダボヌツァーはたてつづけにほかの機能をたしかめた。人工重力、加速圧吸収装置、燃料ポンプ、空調装置。次々にいい結果が得られた。心のなかに、ほとんど抗しがたいまでの楽観的な思いがふくらみはじめるが、それをおさえつけた。艇はまだ格納庫にとどまっている。すべてのシステムが文句なしに機能したとしても、どうやって艇を外に出せばいいのか、いまなお不明だ。かれは操縦席にからだをねじこみ、全周スクリーンのスイッチをいれた。そのあいだに気圧は規定値まであがっていた。ヘルメットを開け、頸のうしろに押しやった。

外は真っ暗だった。スイッチを押すと、艇の外殻にとりつけられた投光器が点灯した。格納庫のグレイの内壁に大きい光の輪が浮かぶ。遠隔操作で投光器を回転させながら、輪を移動させていった。ふいにそのひとつが消え、すぐまた次の輪も消えた。おちつけ、と、自分にいいきかせる。手袋をはずすと、鋭敏な指先であらためて投光器を制御し、両方の輪がまたあらわれるようにした。

穴だ！　格納庫の奥に、縁がぎざぎざの醜い穴があき、その先はいきなり宇宙空間になっていた。それは横長のほぼ楕円形で、長軸が格納庫の床と平行になっている……まさに必要条件どおりだ。幅は四十メートル、高さは二十メートル。ゆとりはないが、巧みに操縦すれば、搭載艇をそこから外に出すことができるかもしれない。

重要なのは、フィールド・エンジンが機能すること。フィールド・エンジンさえあれば、この計画に必要とされるごく精密な操縦により、低速操作が可能だ。ダボヌツァーはほかの投光器も同じように穴の縁に向けた。搭載艇をうしろ向きのまま格納庫から外に出さなければならず、難易度はかなり高い。だが、リスクを冒すしかなかった。

ダボヌツァーはフィールド・ジェネレーターの〝予熱〟にかかった。一群のコントロール・ランプが点灯し、準備プロセスがはじまったことをしめす。次に、プロジェクターを作動させ、フィールドを思いどおりのベクトルで放射できるようにした。そのあと、ジェネレーターのスイッチをいれた。

甲高い警報音に、ぎょっとした。コントロール・ランプ二列が青色に点滅している……ダボヌツァーはインジケーターを見わたした。ジェネレーターに推進剤が供給されていなかった。これがなければ、フィールドを生成することはできない。いったい推進剤はどうなったのだろう？

ダボヌツァーは震える指で三つのスイッチをいれた。測定機器の予備バッテリーが作動した。作動プロセスの誘導インパルスによって針が大きく動くが、ふたたび、ゼロの位置までゆっくりともどった。

燃料タンクがからっぽなのだ。推進剤はもうなかった。推進剤がなければジェネレーターは動かず、ジェネレーターが動かなければフィールドは生成されない。ダボヌツァーは信じられない思いで装置を見つめ、こぶしでコンソールの操作プレートをこすった。だが、針は動こうとしなかった。

ダボヌツァーは頭を垂れた。夢は破れたのだ。目を閉じ、おさえた声をあげた。それはクラン人にしてみれば、すすり泣きと同じだった。

5

混乱はしだいにおさまっていった。

サーフォ・マラガンにとって、過ぎさった数時間の光景は、どこか非現実のものであるように感じられた。外では熾烈《しれつ》な宇宙戦が展開されている。アイチャルタン人の船は撃たれた。だが、このドーム形ホールでは、禿頭で目の大きい裸の男が十人ほど、皿状シートにすわったまま、身じろぎもせず前方を見つめていた。

騒音がしずまってはじめて、アイチャルタン人たちに生気がもどってきた。捕虜に話しかけた男が立ちあがり、

「時がきた」と、轟くような声で告げた。「おまえたちを艦に連れていく」

しわくちゃの襟状器官からクラゲ形物体をはずして浮遊させた。そのほかのアイチャルタン人も同じく立ちあがり、金属製ベルトをおりて、壁に生じた円形ドアの向こうへと姿を消した。数分のうちに、ドーム形ホールは捕虜三人だけになった。

マラガンの視線は、ゆっくりとおりてくるクラゲ形物体をとらえた。マラガンの頭上

を滑るように移動していく。その行方を追おうと振り向いたとき……一アイチャルタン人が音もなくホールの後方からあらわれるのを見た。マラガンが見た宙雷形の乗り物の乗員と同じ宇宙服を着用している。クラゲはその男のほうへと漂っていった。男は空中でクラゲをつかみ、皿状シートのアイチャルタン人がしていたように、襟状器官にくっつけた。

「わたしは3＝マルリだ」クラゲから響いてきた声をマラガンは聞いた。「きみたちを艦に連れていく」

3＝マルリと名のった男は振り向いた。ベッチデ人三人がついてきているのか、疑っていたようだ。目の前の壁に出口が生じた。一行は通廊を数メートル進み、天井の低い、長くのびたホールについた。そのなかに宙雷形をした乗り物がいくつかあった。小型機で、縦ならびに五座がある。いちばん前は操縦席だ。3＝マルリが歩みよると、シートの頭上の透明キャノピーが消えた。

「乗るんだ」3＝マルリは命じた。

マラガンは二番めの席にすわった。できるだけ多くのものを見たかったからだ。だが、シートのせまさには閉口した。この乗り物はマラガンのような大柄の者ではなく、アイチャルタン人のためにつくられていた。機はあっという間に動きだした。ほかの乗り物のそばを通過し、壁に近づいていく。最後の瞬間、壁に開口部が生じた。透明キャノピーがふたたびおりてきたのでマラガンは驚いた。開口部を通りぬけ、金属で被覆されたトンネルにはいった。マラガンが寝椅子で運ばれていったところだ。そのときと同じく、照明はまばゆいほどだったが、行きから乗り物は激減していた。騒音も減少しており、マラガンは戦闘が終わったことを知った。《サントンマール》はどうしたのかという不安を、かれはぬぐいさることができなかった。

操縦士を観察したが、3＝マルリはおちつきはらい、居心地よさそうにすわっているだけで、なにもしていない。制御機器も指示装置もなかった。機は音もなく速度をあげていった。明らかに遠隔操作だ。エンジンの助けを借りているにちがいないが、それはおそらくこの宙雷内部ではなく、トンネルの壁に設置されているのだろう。宙雷のとるコースは錯綜していた。トンネルはつねに曲がっていた。あるときは右に、あるときは左に。上または下に向かうこともあった。ほかのトンネルと交差することはあっても、けっして直角ではなく、極端な鋭角か鈍角に交差していた。数分もすると、出発点にもどるように命じられたとしても不可能だということが、マラガンにはわかった。

ついに、トンネルの片方の壁がへこんだ場所にきた。照明は一部分、消えている。鏡のように光っていた金属壁の被膜は汚れた褐色になり、へこんだ側と反対側の壁では金属の内壁が裂けて、粗い岩肌がむきだしになっていた。

宙雷は隘路《あいろ》にはいり、速度をゆるめた。マラガンの目に、ネズミほどの大きさの物体がへこんで色あせた金属の上を滑っていくのが見えた。驚いたことに、そのネズミ大の物体が通りすぎた金属の表面は、ほのかに光る自然な色をとりもどし、へこみもなおっていた。ネズミ大の物体はアイチャルタン人の作業ロボットなのだ。

裂けた金属面から岩が露出している場所に、大きな宙雷形の乗り物がはまりこんでいた。舷側は裂け、尖った機首は岩の数メートル奥まで埋まっていた。六人の動かぬからだが乗り物のまわりに散らばっていた。

マラガンたちの乗った宙雷は似たような状態の場所を通りすぎていった。アイチャルタン人の宇宙船は戦闘でかなりの損傷をうけたのだ。マラガンには、ドーム形ホールにいたアイチャルタン人のびくともしない冷静な態度が、なおさら理解しがたいものに思われた。

損傷の多さから判断して、宙雷はいま、岩塊船の外被のすぐ内側まできているらしい。ついに円形の開口部が生じ、宙雷は鈍く照らされたひろいホールに滑りこんでいった。ホールには十隻以上の小型宇宙船がならんでいたが、その大きさから推して、マラガンには搭載艇だとわかった。細身で、仕切りの多いかたちをしており、ごつごつした岩のような母船を想起させるところは皆無《かいむ》だった。

一隻の搭載艇のそばで宙雷はとまった。3＝マルリは立ちあがることもなく、金属の

壁にある高さ一メートル半ほどの開口部を指さし、

「きみたちはこれに乗って艦にもどる」と、相《あ》いかわらず頸につけているトランスレーターの助けを借りていった。

マラガンは立ちあがった。

「操縦のしかたがわからない」

「そんなことは問題ではない」3＝マルリは答えた。「わたしが連れていくから」

＊

惑星セント・ヴェインの地表は赤みを帯びた黄色の大気圏につつまれ、巨大な円盤の切片が軽く湾曲しているように見える。その上を浮遊するアイチャルタン人の宇宙船から、搭載艇が出発し、しだいに速度を増していった。赤色恒星がまともに照りつける角度から見てはじめて、母船の異様さが明らかになった。ごつごつして割れ目が多く、あばたのように無数の穴ができている外被からは、数百光年、数千光年の距離を超光速航行するためにつくられた乗り物を連想することはとうていできない。それは、重力の気まぐれでセント・ヴェインに拘束されたアステロイドのように見えた。その周囲を漂う多数の銀色の光点は、岩石の内部に価値ある金属がないかを探りにきたプロスペクターたちの乗り物と思われる。

搭載艇のキャビンは楕円形で、二十あまりのシートがあった。艇は自動的に出発したが、そのあと3＝マルリは制御装置で作業しはじめた。こみいった操作なので、マラガンにはひとつひとつの機能を解明するのは無理だった。キャビンの壁をとりかこんでいる大型スクリーンには、艇の周辺のようすがうつしだされている。進行方向の右ななめに未知恒星が見えた。惑星表面の大部分は照らされていなかった。

光点がひとつ、惑星の輝く縁の上に浮かびあがった。3＝マルリは艇を大きく迂回させたので、灼熱の赤色恒星はしだいに右のほうへ遠ざかっていった。光点が大きさを増し、見慣れた輪郭があらわれた。幅のひろいたいらな艦尾、縦にのびる縁で構成された本体、その上にのったキノコ形の艦首部分。《サントンマール》だ。だが、距離が縮まるにつれて、第一艦長クルミツァーの誇りであった艦を思いださせるのはその輪郭だけだということが明らかになった。3＝マルリが最終的に数メートル近くで艇を相対的に静止させたとき、ベッチデ人三人は息がとまらんばかりの光景を目にした。

《サントンマール》は、燃えつきてつぶれた外殻だけの姿になっていた。ゆっくりと旋回しているため、次々に荒廃した側面が見えてくる。マラガンは艇が出発したとき、ひそかに疑っていた。ほとんど武装されていない搭載艇でクラン艦に接近していく勇気を、3＝マルリがどこで得たのだろうかと。いま、その答えがわかった。《サントンマール》はだれにとっても、もはや脅威ではなくなっていたのだ。アイチャルタン人は宇宙戦に勝利した。クラン艦の乗員たちは死んだか敗走したか、そのいずれかだった。

「どこに降りるか決めるのだ」3＝マルリはいった。

「アイチャルタン人は知性体を殺さないといったが」マラガンはドーム形ホールで聞いた言葉をあざけるようにくりかえした。「われわれをここで降ろすのは、殺すも同然だ」

「われわれの教えでは、殺すことは禁じられている」声には感情がこもっていなかった。言葉は引用にすぎなかった。「だが、教えは、どんな状況でも命を維持せよとは命じていない」

マラガンは艦の残骸の外殻に視線をはしらせた。《サントンマール》はいつの間にか半転しており、艦の上部が見えてきた。観測室の床はなくなり、ひきさかれた金属だけが、嘆きの記念碑のようにそびえていた。

「本体の上にある艦首部分で降ろしてくれ」マラガンはもとめた。

3＝マルリは無言で、ふたたび艇を動かした。アイチャルタン人の艇が近づくにつれ、《サントンマール》の破壊された外殻はのびていくかに見えた。

「わたしが思うに」3＝マルリはいった。「クラン人の撤収コマンドがまもなくここにやってくるだろう。この銀河の住民たちに、恒星間宇宙船の残骸を見られたくないだろうからな」

この言葉にふくまれる明らかなあざけりに、マラガンは奇妙に心を動かされた。アイチャルタン人の思考法は異質なものであるかもしれないが、ときには非常に人間的な印象をあたえる。

搭載艇は艦本体後部の舷側についた。ベッチデ人三人は制服を宇宙空間仕様にすると、3＝マルリにひと言の別れの言葉も告げず、艇をはなれた。

＊

無重力の表面を行くには訓練が必要だった。艦の残骸による質量のせいでわずかな重力はあったが、早足で歩いてもカタパルトで射出されるような動きになるのをふせぐには不充分だ。まもなくマラガンは、多少ともうまく動ける条件を生みだすには、グラヴィトロンを使用する必要があると知った。フィールド・ベクトルをからだにそって下に向けた。こうすれば、飛翔装置を使って、上昇するのでなく十分の一Gの重力効果を得られるようになる。

巨大な穴の縁にひざまずき、内部をのぞいた。自動制御の火器管制スタンドの残骸が見えた。発射ジェネレーターが爆破されており、穴ができたのはそのためだった。さらに見つづけていると、左のほうから不格好で黒っぽいものがあらわれ、冷えきった真空の静寂のなかをゆっくりと移動していった。ターツの遺体だ。クラン人の補助種族の大トカゲ生物である。マラガンは身震いして立ちあがった。

立っている床に震動がはしった。ブーツの底や防護服の素材を通して、鈍い騒音が伝わってくる。それは数秒間つづいた。

「なんだろう？」

「見て……！」

スカウティの声がヘルメット・テレカムから、不自然なほど甲高く響いてきた。声は艦本体の遠方を見るようにと指示した。灼熱のガス雲がたちのぼっている。それはすばやくひろがり、宇宙空間の冷気にまぎれて消え、真空に吸いこまれていった。

「二次爆発だな」マラガンは推測した。「いろんな場所が、まだかなり熱を帯びているんだ」

「3＝マルリの艇はどこに消えたのだろう？」ブレザー・ファドンが驚いたように訊いた。

マラガンは周囲を見まわした。惑星セント・ヴェインはここから見ると、幅広の鎌のように見えた。《サントンマール》がゆっくりと回転するにつれ、惑星はすこしずつ高みに昇っていった。鎌の横に、ちっぽけな光点が輝いている。アイチャルタン人の宇宙船だ。だが、その搭載艇はどこにも見えなかった。

「あいつがどこに向かったかなんて、だれにもわかるもんか」マラガンはうなるようにいった。

かれが鎌の縁を眺めつづけていると、突然、宇宙船をしめしていた光点が消えた。アイチャルタン人は出発したのだ。勝利の舞台を去っていった。だが……こんなに早く？

3＝マルリとその搭載艇がすでに帰りついたとは思えなかった。

マラガンは思わずかぶりを振った。搭載艇から降りたとき、クロノメーターを見忘れていたことに気づいたのだ。あれからどれほどの時間がたったのか、わからない。

スカウティが息のつまりかけたような驚きの叫びをあげ、マラガンは目をあげた。ついさっき自分がひざまずいてのぞいた穴から、人影がひとつあらわれたのだ。クラン艦隊の制服を着ている。ヘルメットの内側で、淡いグレイのたてがみが輝いていた。褐色の目が悲しげにマラガンを見つめた。マラガンはその顔を知っていた。

胸中を衝撃がはしった。自分と仲間ふたりがアイチャルタン人の宇宙船内にいると知りながら、《サントンマール》はそれに向かって発砲したのだ。その思いが、いまはじめて現実感をともなって頭に浮かんだ。燃えるような怒りがこみあげる。クラン人は穴の縁に立つと、挨拶するように手をあげた。だが、マラガンはどなりつけた。

「挨拶など無用だ、裏切り者！　なぜ《サントンマール》はわれわれに向かって発砲した？　さ、いってみろ！　第二艦長なら、なぜわれわれを犠牲にしたのか知っているはずだ。

6

ダボヌツァーが敗北感に襲われたのは、ほんの短いあいだだけだった。すぐれた飛翔性能を持つ搭載艇がなくても、自分のおかれた状況は、最初に思ったほど見こみ薄ではない。《サントンマール》乗員の大部分はたぶん逃げのびただろう。第一艦長クルミツァーも、まだ間にあううちに脱出できたはずだ。クルミツァーは機会をみてすぐに救援を呼び、援軍の到着後、すみやかにここにもどってくるにちがいない。ダボヌツァーは制服に装備された備蓄を点検した。マイクロコンピュータがヘルメット・ヴァイザーにデータをうつしだす。それを見て、数日はまかなえることがわかった。もし空気がなくなれば、《ヴァッコム》の艇内にもどることもできる。

かれにとって最悪の問題は、絶望的状況が迫っていることではなく、空気のない残骸という重苦しい環境のなか、まったくなにも起きない状態で数時間あるいは数日すごさなければならないことだった。なにかにとりくむ必要がある。理性をたもつため、頭を働かせていなければならなかった。

まず最初に、アイチャルタン人があらわれないか見張ることにした。名もない惑星の大気圏上空に光点を見つけ、アイチャルタンの宙賊の宇宙船だと確認した。それは宇宙空間で微動だにせず、《サントンマール》の残骸を気にかける様子はまったくなかった。打ち負かした敵になんの関心もはらわないのがアイチャルタン人の特徴だ。かれらの戦術は、その情報への渇望と著しい対照をなしていた。機会さえあれば、かれらは捕虜の口からクランドホル公国の拡張計画について聞きだそうとする。打ち負かした敵艦隊の残骸を価値ある情報源とみなしてもよさそうなものだ。だが、アイチャルタン人の思考法はほかの星間種族の論理とはまるで類似性がなかった。それこそが、かれらを非常に危険な存在にしている点だった。

艦の残骸を見まわっていたダボヌツァーは、艦尾に設置されていた火器管制スタンドに行きあたった。中口径の双身放射兵器をそなえ、さしたる損傷はうけていなかった。発射ジェネレーターを調べたが、ごくわずかな修理が必要なだけであることがわかった。自動操作から手動操作への切りかえをおこなう制御装置も無傷だ。とはいえ、両方のプロジェクターを修復するのは、より困難だろう。それらは砲身の後方にそなえつけられており、放射エネルギーを強力な集束ビームに変えるためのフォーム・フィールドをつくりだす装置だった。

ダボヌツァーには時間があったし、なにかに没頭している必要があった。成功する見通しが持てるだけの、放射兵器に関する知識もある。
どの火器管制スタンドにも装備されているコンテナから、必要な道具をとりそろえ、作業にとりかかった。

*

ダボヌツァーは作業にとりつかれていた。ジェネレーターは数分とたたぬうちに修理を終えたが、当初の予想どおり、プロジェクターには手こずりそうだった。粘り強く、すこしずつとりかかることにした。まず最初に、損傷のすくないほうを修理する。そのさい、もう一方の修復に役だつことをあれこれ学んだ。自分をとりまくしずまりかえった冷たい残骸世界のことも忘れ、手作業に没頭した。そのとき、見られていると本能的に察して、立ちあがった。裂けた兵器の縁ごしに目をやり、そこに見えたものに、かれはぎょっとした。

アイチャルタン人の搭載艇の輪郭がはっきりと見えたのだ。わずか数キロメートル向こうで、赤色恒星の縁に照らされている。多くの戦闘を経験してきたベテランのダボヌツァーは、その搭載艇の型をすぐに見破った。思わず道具を押しやる。道具が無重力のなかを漂っていき、壁にぶつかった。かれは無意識のうちに幅広のベルトから武器をぬこうとした。アイチャルタン人はなにをしようとしているのか？　打ち負かした敵には関わらないという原則を放棄したのか？

ダボヌツァーはなにをすべきかを知っていた。修理はほぼ終わり、あと一、二分あれば、双身兵器はすぐにも使えるようになる。アイチャルタン人の搭載艇にもう一度、目をやり、ゆっくりと回転する艦本体の向こうに艇が消えていくのを見た。大急ぎで作業を再開する。いまや、それが一挙にさしせまった意味を持つようになっていた。

ヘルメット・テレカムのスイッチはいれてあった。周波を短距離通信にあわせて調整してある。そこから、はっきりしないつぶやきが聞こえてきた。ダボヌツァーは驚いたが、気をそらされることはなかった。アイチャルタン人の艇がふたたび姿を見せるまでに、兵器の修理は完全に終わっていなければならない。いま、最重要なのはそのことだった。

ダボヌツァーにとって、危険を招きよせることは問題ではない。アイチャルタン人の搭載艇を潰滅させたら、宙賊の母船があらためて《サントンマール》に発砲することもありえるが、それは無視することにした。搭載艇は情報を集めるために送りこまれてきたのだ……それ以外のミッションがあるとは思えなかった。情報がアイチャルタン人幹部の手にわたることは阻止しなければならない。艇を全滅させること以外、選択肢はなかった……たとえそれによって、みずからの運命が決まるとしても。

接続を終え、スイッチをもとの位置にもどして、目をあげた。そのとき、明るい光の帯が艦本体の縁を上方へゆっくりと移動するのを見て、ぎょっとした。アイチャルタン人の搭載艇がはなれていく！　艇がこの短い時間になにをしたのか、考えているひまはなかった。本来なら、修理の終わった兵器はためしてみなければならなかった。テストもせずに動かすと、爆発が起きる危険があるからだ。だが、テストにはすくなくとも一分はかかる。それまでに艇は射程距離の外に出てしまう。

発射ジェネレーターがうなりをあげながら作動した。まるくちいさいスクリーンに、赤く明滅する目標標示があらわれた。アイチャルタン人の搭載艇が黒い輪郭となってうつしだされ、標示の中央に向かって移動していく。ダボヌツァーは砲身を正しい位置にあわせた。

かれの内面は空虚だった。発射装置を押したときも、なにも感じなかった。最期の時を迎えるのが自分のほうか、敵のほうかもわからなかった。

照準器のスクリーンから黒い輪郭が消える。ダボヌツァーは上体を起こした。燃えさかるガス雲と、わずかな残骸が光りながら砲弾のように飛ぶさまを見て、安堵した。最後にもう一度、艦載兵器に目をやった。アイチャルタン人は即刻、応酬してくるだろう。距離は一万五千キロメートルにも満たない。搭載艇を爆破した兵器が艦の残骸のどのあたりに設置されているのか、かれらは正確に知ったはず。ここもまもなく火の海となるだろう。

ダボヌツァーは火器管制スタンドから這いだし、一部がのこるデッキを通って浮遊した。そのときふたたび、ヘルメット・テレカムを通して、遠くのほうからつぶやきが聞こえてきた。

*

最初は、できるだけ早く残骸の反対側まで行くことしか考えていなかった。アイチャルタン人が発砲してきた場合、生きのこれるチャンスはそこにしかないから。だが、二分が過ぎても宙賊は動こうとしなかった。ダボヌツァーは、かれらが不可解な論理にもとづいて報復を断念したのではないかとの望みをいだきはじめ、立ちどまった。受信機から聞こえる声はますます大きくなってきた。ヘルメットにとりつけられているアンテナを旋回させ、音量を最大にし、じっと耳を澄ませた。混乱したきれぎれの声しか聞こえてこなかったが、どうやら、クランドホル語で話されているように思えた。

音の出どころは、艦首部分の後部が本体に垂直に落ちているところだ。ほぼそのあたりで、アイチャルタン人の搭載艇が視野から消えたのだった。ダボヌツァーは出発した。発射準備のできたブラスターを手にして。アイチャルタンの宙賊は電光石火の早業で反応することで知られているからだ。

近づくにつれ、声はより鮮明になってきた。たしかに、話されているのはまぎれもなくクランドホル語だ。三人の声が聞き分けられる。突然、それが何者なのかわかった。三人のベッチデ人だ！　クルミッァーが惑星の調査とアイチャルタン人の基地捜索のために送りこんだ者たちである。宙賊に捕らえられたが、ふたたび解放されたのだ。あの搭載艇は情報収集のためにきたのではなかった。それを潰滅させたことに、ダボヌツァーは後悔に似た気持ちをいだいた。

ベッチデ人たちの会話に聞き耳をたてた。もしやかれらの近くにアイチャルタン人がとどまっているのではないかと疑ったからだ。ダボヌツァーはこの新入り三人とさほど関わりはなかったが、かれらの話が支離滅裂で脈絡がないことに気づいた。あてどなく、艦本体の外殻付近をうろついているようだ。

ダボヌツァーがやってきたホールは、ゆがみねじれた鋼の残骸であふれていた。ここはかつて艦本体の大規模な火器管制スタンドのひとつで、最新式の兵器が装備されていたが、いまはカオスだった。頭上の高いところに、縁がぎざぎざの穴が大きく口を開けており、ベッチデ人の声がすぐ近くで聞こえた。ダボヌツァーは飛翔し、穴に滑りこんだ。勢いよく穴の外に飛びだすさい、グラヴィトロンを調整し、艦本体の鋼の外殻におりたった。

新入りたちはかれのほうを振り向いた。ダボヌツァーは手をあげて挨拶した。だが、三人のなかでいちばん大柄な男がこちらへ走ってきてどなった。

「挨拶など無用だ、裏切り者！　なぜ《サントンマール》はわれわれに向かって発砲した？　さ、いってみろ！　第二艦長なら、なぜわれわれを犠牲にしたのか知っているはずだ」

「黙れ、新入り！」ダボヌツァーの反応は冷ややかで、抑制されていた。「戦闘に関して決定するのは第一艦長だ。かれはきみの助言も非難も必要としていない」

ベッチデ人の目がきらりと光った。新入りはそうかんたんにはひきさがりそうもなかった。その心には反抗心が芽生えている。

「自分の人生は自分で決定する！」新入りはあえいだ。「《サントンマール》が発砲を開始したとき、わたしと仲間は……アイチャルタン人の宇宙船に乗っていたんだ。だれもそのことを考えなかったのか？」

怒りに燃え、憎しみをたたえたベッチデ人の目を見て、ダボヌツァーは考えこんだ。危険は感じなかった。新入りたちは武器を所持していないことが、その目つきでわかったから。アイチャルタン人にすべて奪われたのだろう。

「きみがもし自分の声を聞いたら、分別を失っていることがわかるだろう。わたしはきみの上官だ。きみには、わたしを非難することも、わたしから説明をもとめることもできない。きみがこういう態度をとる理由は、ひとつだけだ」

「ほう、いったいどんな？」ベッチデ人はあざけるように訊いた。

「きみたちは宙賊から尋問をうけたのか？」

「そうだ。それとどんな関係があるんだ？」

「おおいに関係がある。きみたちはスプーディを失った。だからもはや、自制心というものがないのだ」

7

サーフォ・マラガンは肩を落とした。突然、怒りが消えていく。怒るだけの力が一挙になくなった。頭が混乱していた。第二艦長のいうとおりだ。スプーディが脱落して以来、思考するのが困難になっていた。

「じつは」マラガンは告白した。「スプーディは尋問がはじまったとたんに死んだのだ。それによって、どんな危険がある？　つまり、われわれ、以前はスプーディなんて保持していなかったわけで……」

「結果は種族によってさまざまだ」ダボヌツァーはさえぎった。「ベッチデ人ではまだ経験したことはないが、最悪の事態にはなるまい。遅くとも四十時間後には救援艦隊がここにくる。きみたちは新しいスプーディを得るのだ」

「ここで待つつもりなのか？」

「ほかに選択肢はない」ダボヌツァーは答えた。「艦内には使える搭載艇はもう一隻もないから」

「で、もし救援がこなかったら？」と、マラガンが質問。

「くるとも」

マラガンは最初、納得したふりをした。とはいえ、これ以後、第二艦長にすべての決定をゆだねる気になったわけではない。スプーディを失うことによって思考力は低下したかもしれないが、それによる利点もあった。自立心が芽生えたのだ。もう、公国艦隊の規則に縛られてはいなかった。かれは現在おかれている状況を考えた。クラン人ひとりとベッチデ人三人が艦の残骸に漂着している。なにをするかは自分しだいだ。それぞれができることをすればいい。

さっきほど喧嘩腰ではなく、マラガンは訊いた。

「アイチャルタン人がなにをもくろんでいるか知っているか？　もし四十時間以内にクランの救援艦隊がここにあらわれるのがたしかなら、宙賊はたぶんなにかの罠をしかけてくるだろう」

「それはアイチャルタン人のメンタリティに反している。かれらはあからさまな戦闘はもとめていない」ダボヌツァーが答えるうちに、残骸は回転し、鎌のかたちをした惑星がふたたび見えてきた。「ちなみに、かれらは撤退したようだ。搭載艇の一隻を失っても、気にしなかった」

「どの搭載艇？」スカウティが訊いた。

　ダボヌツァーは手みじかに、放射兵器を修理してアイチャルタン人の搭載艇を爆破することに成功したと説明した。マラガンは3＝マルリと親しかったわけではなかったが、それでも違うかたちの最期を迎えてほしかったと思った。

　そのとき突然、うめき声が、マラガンのヘルメット・テレカムから響いてきた。見まわすと、ブレザー・ファドンの苦痛にゆがんだ顔が見えた。

「ブレザー、どうしたんだ？」

　ファドンはつっかえながら、理解できない言葉で答えた。ダボヌツァーはファドンの肩をつかみ、頭をうしろにそらさせて、苦痛にゆがんだ顔を注意深く見つめる。

「きみたちベッチデ人はほかの種族よりもスプーディ脱落の影響をうけやすいようだな。この男を調べてみよう。わたしの持っている薬で助けられるだろう。だが、まず診察しなければならない」

「けっこうな考えだな」マラガンはあざけりをこめて、「せいぜい、服を脱がせて、この床に寝かせるくらいだろう」

　ダボヌツァーがうしろにしりぞくと、ブレザー・ファドンはからだを折り曲げ、いまにも倒れそうになった。

「かれの両腕をとって、連れてくるんだ」ダボヌツァーは命じた。「わたしのあとからついてこい！」

＊

麻酔がすぐに効き目をあらわした。ブレザー・ファドンは表情をゆるませ、うしろにもたれかかり、目を閉じた。ダボヌツァーはファドンの頭蓋を調べ、スプーディが埋められていたあたりの髪を剃りおとした。見守っていたマラガンは、何週間も前に治癒したように見える二センチメートルほどの長さの細い傷あとを見つけた。クラン人はそこからなにかを読みとったらしく、ふた言三言つぶやいたが、マラガンには理解できない。ダボヌツァーは、けばけばしいグリーンのちいさなアンプルにはいった薬をとりだした。それはほかの備蓄といっしょに、幅広ベルトにおさめてあった。

薬をファドンのうなじに注射すると、一瞬にして効果があらわれた。ダボヌツァーは上体を起こし、鋭く見通すような目をマラガンに向けた。マラガンは拒絶する身振りをして、

「いや、わたしはまだ大丈夫」と、いった。「まだ、健康そのものだ」

「痛みを感じたら、すぐいうのだぞ。解毒剤を早く投与すれば、それだけ効き目が長つづきする」ダボヌツァーはそういうと、スカウティのほうを向いた。「きみも同じだ」

「艦には、使える搭載艇は一隻もないといったな」マラガンはいうと、あたりをじろじろと眺め、振り向く。「これはなんだ？」

「《ヴァッコム》だ。格納庫で立ち往生している」ダボヌツァーは答えた。「後方に穴があり、そこから出せるはずだが、そうするにはフィールド・エンジンが必要だ。それがもう働かないのだ」

「前のほうからは出せないのか？」マラガンは訊いた。

「外側ハッチがいびつで、使いものにならない」

「溶解すれば開けられるかもしれない！」

「厚さ二十センチメートルの高圧縮鋼だぞ」ダボヌツァーの声には見くだしたような響きがあった。「われわれ全員がブラスターを所持していたとしても、充分な大きさの穴をあけるのに一週間かかる。しかも、ブラスター一挺にエネルギーを再充塡するには、シネルゴーデン十基が必要だ」

自分のアイデアではダボヌツァーをその気にさせられないと知り、マラガンは黙って空間のひろさを満喫した。呼吸をしてもヘルメットから反響音が聞こえない。スカウティの声がヘルメット・テレカムのエレクトロニクスでひずむことなく聞こえてくるのもうれしかった。この搭載艇が気にいった。

ダボヌツァーが好まなくとも、なんとかして艇を飛行可能にしたいものだ。

＊

搭載艇内にとどまり、救援艦隊の到着をじっと待つほうが理にかなっているだろうが、ダボヌッァーはそれを望まなかった。さっき、アイチャルタン人がもどってくる心配はないといったものの、こんどはその考えに自信が持てなくなり、探知機を修復して周囲を監視したほうがいいと思うようになったのだ。マラガンはそれをまったく無意味なことだと考えている。ダボヌッァーが退屈しのぎにむだな仕事をするつもりではないかとさえ思った。

それでも、マラガンはその案に賛成した。ダボヌッァーにじゃまされることなく、計画にとりくめるからだ。損傷をこうむっていないような、あるいは容易に修理できるような探知機がないか、艦首の右舷を徹底的に探すという任務を、マラガンは素直にひきうけた。頭痛の最初の兆候があらわれたら、すぐに知らせるとダボヌッァーに約束し、さっそく出かけた。

爆発の影響によって多くの個所がひしゃげている反重力シャフトを通って、艦首セクターの最上階デッキまで浮遊した。ふつう自動制御の探知ステーションは、艦の外殻のすぐ内側にある。マラガンはぎりぎり大人の背丈ほどの小部屋に無理やりはいった。ここでの混乱は主として物理的な振動に起因している。機器類は固定具からもぎとられて粉々に砕け、破片は外壁付近に集まっていた。艦の残骸がゆっくりと回転しているため、遠心力でそこに集められたのだ。マラガンはほかの部屋にもここと同様、使用に耐えるものはないと決めこみ、さっさと自分自身の計画に着手した。デッキにそって浮遊し、アイチャルタン人の攻撃が《サントンマール》の外殻に裂け目をつくったところまでやってくると、そこから外に出た。艦首セクターのななめ上を浮遊して左舷の縁まできたとき、艦尾方向に向きを変えた。艦首セクターが終わる下方に格納庫があり、《ヴァッコム》が見える。そのあいだも艦の残骸は回転しつづけ、本体に向かってくだりになっている壁が影になった。かれはグラヴィトロンのスイッチをいれ、人工重力フィールドで下におりた。

真っ暗な格納庫のなかに、しばらくたたずみ、耳を澄ませた。ダボヌッァーの命令によって、ヘルメット・テレカムの周波は長距離にあわせておいた。耳をそばだてたが、受信機からはときどき雑音が聞こえるだけで、声はまったく聞こえない。こちらの状況を知らせれば、たちまちダボヌッァーに位置を知られるだろうが、物音をたてず送信機を作動させないかぎりは安全だ。自分からはなにもいうまいと決めた。リスクがあるとすれば、ダボヌッァーがこちらに呼びかけ、答えをもとめてきたときだ。

《ヴァッコム》は不気味な巨像のように目の前にそびえていた。マラガンはその上を浮遊していき、格納庫の反対側についた。星々の光がさしこむ穴から遠くはなれたそこは、あまりにも暗く、マラガンは場所を見きわめるためにヘルメット投光器を点灯しなければならなかった。搭載艇にそって動いていき、エアロックを探した。艇の壁に手のひらほどの深さでひっこんだハッチを見つけ、開きにかかった。

そのとき、まったく予想外の襲撃をうけて肩を殴打され、転倒した。何者かに襟をつかまれ、こぶしで制服の胸をつかまれた。ヘルメット投光器が黒い人影をうつしだす。ヘルメットの光る膨らみが視野にはいった。マラガンが未知の敵に突進していこうとしたとき、投光器のちいさな光の輪が見慣れた顔を照らした。

「ブレザー……」

その瞬間、かれはへまをしたことに気づいた。送信機の周波は長距離にあわせてある！　秘密にしておきたかったのに、いま、友の名前が口からこぼれた。ファドンは近づいてくると、なだめるように腕を振って、マラガンにしっかりつかまってきた。両方のヘルメットが触れあう。鈍い、遠くから響いてくるような友の声が聞こえた。

「悪かった……きみの居場所が露見しないうちに手出ししなければならなかった……送信機は切ったから……」

マラガンはほっとして胸に手をやった。ヘルメット・テレカムのスイッチはゼロになっている。驚きの叫びは聞かれなかったのだ。

「ここでなにをしているんだ？」マラガンは訊いた。

「搭載艇でなにかできないか、調べるためだ」ヘルメットごしに答えが鈍く聞こえてきた。「クラン人が迎えにくるまで、ここでただ待っているという考えは、あまり感心できないのでね」

マラガンはうなずいた。かれは自分の計画をスカウティとファドンが支持してくれるかどうか自信がなかった。必要とあれば、参加するように強要するつもりだった。だがいま、すくなくともファドンについては悩む必要はなくなった。マラガンはあらためて艇のハッチを開き、ふたりでエアロック室に到達した。そこはあっという間に空気に満たされた。マラガンは頭からヘルメットをはずした。

キャビンに向かう通廊に照明がともっており、マラガンは驚いた。最後に艇から出たのはダボヌツァーだ。かれがどういう操作をしたのか、だれにもわからない。ファドンも自信がなかった。

「自分を守るためのものがあれば、もっと安心なんだが」ファドンがつぶやいた。「このどこかに武器がしまわれてはいないだろうか?」

かれは見まわりに専念した。それゆえ、キャビンの前方にある操縦席にすわっている者がいたのに気づいたのは、マラガンだけだった。その者が、通廊のほうから響いてきた物音を聞き、期待していたように振りかえる。

「どうやら」と、スカウティがいった。「わたしたち三人は、同じ考えらしいわね」

8

ダボヌツァーは本当のところ、ベッチデ人三人が壊れていない探知機を探すために時間を使うとは思っていなかった。かれらはなによりもまず《ヴァッコム》にもどり、どうにかして艇を動かすことができないか調べるにちがいない。さっき《ヴァッコム》からはなれるとき、サーフォ・マラガンが考え深げな表情をしているのを見た。救援艦隊を待つほかに選択肢はないという考えに満足していないようだった。

待つことへの不安は、スプーディ脱落に起因する症状のひとつだろう。よく知られていることだが、スプーディと共生すると、宿主の意識に変化がもたらされる。それはスプーディが死んだからといって、かんたんにはもとにもどらない。スプーディ脱落がベッチデ人にとりわけ深刻な影響をおよぼすことは、もはや疑う余地はないとダボヌツァーは見ていた。問題が生じることを覚悟しなければならない。

スプーディの作用機序はほとんどわからなかった。心理物理学者でさえ、この奇妙な生物がおよぼす効果については、質的なものしか知らないのだ。スプーディの現象学は存在するが、それがどういうしくみで機能するのか、また、その影響がどのような精神メカニズムにもとづいているのか、だれも詳細は知らなかった。この瞬間、はじめてダボヌツァーの意識に、どこからスプーディがきたのかという疑問がのぼった。昆虫であるらしいが、スプーディが自然のなかに生存している世界については聞いたことがない。秘密なのか？　きっとそうだ。ダボヌツァーはこのことでは悩まなかった。発展をつづけるクランドホル公国には十指にあまる秘密があるから。

たとえば、あのベッチデ人三人だ。ブレザー・ファドンという新入りに応急手当てをほどこしているとき、ほかのふたり、マラガンとスカウティが、セント・ヴェインとかれらが呼んでいる未知惑星での体験について脈絡のない短い話をしていた。かれらは文字どおり、身の毛のよだつような冒険を経験したのだが、試験のためにセント・ヴェインに送りこまれたと考えていた。それをダボヌツァーは最初、スプーディ脱落による妄想の産物だとばかにしていた。だが、いまはそのことをもう一度、じっくり考えてみようという気になっている。

公国艦隊の上層部は数年前まで、公国に併合された異種族をすぐには艦隊任務につけず、まず適性を見るために試験をうけさせていた。試験地はクランドホル公国の辺縁部にある多くの惑星上に設けられた。数百万人の新入り乗員候補者が試験をうけ……潰滅的な結果に終わった。試験基準がクラン人のメンタリティに適合していたため、クラン人と同じ考え方をする者でなければかならず失敗したからだ。試験地のある惑星では現在、施設は朽ちはてている。セント・ヴェインというのは、その惑星のひとつだろうか？　もしそうなら、なぜベッチデ人の新入り三人は、すでに無益と見なされている試験をうけさせられたのだろう？

ダボヌツァーはその疑問に対する答えなどないことはわかっていた。ベッチデ人たちが試験をうけさせられたのだとすれば、その命令は上層部からきており、第一艦長クルミツァーのみが知っている。クルミツァーは沈黙を守るだろう……かれ自身も命令以上のことを知らないなら、話はべつだが。

ダボヌツァーはその考えを押しやった。無益だから。より重要ななすべきことがほかにあり、準備にとりかかる必要があった。

三人のベッチデ人に呼びかけたが、答えはなかった。受信機は切られていた。

＊

艦首先端にある司令スタンドに行くために、ダボヌツァーは残骸の右舷ぞいに動いていった。新入り三人から見られないようにするのが肝要だ。かれらは骨折って《ヴァッコム》を調べたあげく、艇がもはや使いものにならないことを確認するだろう。そのあいだ、こちらには安全策を講じる時間がある。

ベッチデ人三人がヘルメット・テレカムを切ったことだけでも、服務規程違反であり、軽度の反乱に相当する。状況はさらに悪化するだろうとダボヌツァーは予想していた。もちろん、ベッチデ人を無害にする道を選ぶこともできる……たとえば、あとまで影響ののこる神経ショックという方法を使って。だが、そうすると、意識崩壊作用がどのように進行していくか観察する機会を奪われることになる。ベッチデ人については、スプーディを失ったときにどんな反応をしめすか、これまでテストしたことがない。心理物理学者たちは、そのデータをダボヌツァーが集め損なったといって、なじるだろう。

ぶじに司令スタンドについた。前方の壁にあいた大きい穴を見つめ、不快感をおぼえた。そこにはかれの作業場があったのだ。もうちょっとで命を落とすところだったという思いが、はじめて意識にのぼってきた。

目的達成に必要な道具はまもなく見つかった。多くはいらない。どうしても必要なときに遠隔操作によってスイッチをいれることのできる、シグナル発信機だけだ。救援艦隊が到着するまでに、血気さかんなベッチデ人三人が反乱を起こした場合、警報を発する必要があった。ダボヌツァーは自分の計画のために、ヘルメット・テレカムの通信到達範囲は、その目的のためには充分ではない。ダボヌツァーは自分の計画のために、バッテリー作動のインパルス発生装置を調達した。二キロメートルの距離から通信シグナルが送れるよう、作動メカニズムを調整。

その装置をためし、結果に満足した。救援艦隊がきたとき、必要とあればシグナルを送ることができる。艦の残骸では予想外の事態が起きているから、用心して接近するように、と。

もどる前に、ヘルメット投光器でもう一度、かつて誇り高い《サントンマール》の司令スタンドであったところの廃墟を照らした。クルミツァーが撤退命令を発した最後の瞬間のことが、いまも鮮明に目の前に浮かびあがる。自分が煙と炎のなかで、急傾斜した床をよじのぼったことを。爆発の恐ろしい瞬間を追体験し、空気の吸引力と、はさまれていたコンソール二基の圧迫をふたたび感じた……

ダボヌツァーの視線はそのコンソール二基を探した。それのおかげで助かったのだ。だが奇妙なことに、配置が記憶とは異なっていた。コンソールは見つかったものの、たがいにずっとはなれており、クラン人ひとりをしっかりとはさむことはできそうもない。近くから眺めた。あれ以降、自然に動いたのだろうか？　床はまくれあがったり、でこぼこになったりしていた。金属が一時的に液化したにちがいない。それが理由だ！　自分が司令スタンドを去ったあとで、一連の二次爆発があったのだ。コンソール二基はかれが最後に見た場所にはもうなかった。

いまなおすこし混乱したまま、大きな開口部から宇宙空間に出た。艦首セクターのエンジンが本体の背面へと垂直方向に通じているところまできた。そこにとどまり、見わたした。グラヴィトロンのスイッチをいれ、鋼の床に押しつけられるようにした。

とくべつはげしくはなかったが、はっきりと震動が感じられた。縁から身を乗りだし、下をのぞきこんだ。そこに見えたものに、ダボヌツァーは息をのんだ。ななめ下で大型の搭載艇が揺れている。不注意な操縦によって艇尾がエンジンの側面にぶつかったために、震動が起きたのだ。艇はゆっくりと旋回し、艇首が見えた。ダボヌツァーは艇をしめす黒い大文字を啞然として凝視した。

〝ヴァッコム〟……

その瞬間、ヘルメット・テレカムからサーフォ・マラガンのあざけりに満ちた声が聞こえてきた。

「これがもう使いものにならないだって？」

＊

「まさか！」ダボヌツァーは叫んだ。「フィールド・エンジンが作動するはずはない。もう推進剤がないのだ！」

ダボヌツァーが《ヴァッコム》の内部にはいると、そこは人工重力が支配していた。再生された空気は心地よい涼しさだった。スカウティとブレザー・ファドンのふたりはキャビンでくつろぎ、サーフォ・マラガンは操縦コンソールの前に立っていた。さりげ

ない手振りで操縦表示装置をさしめし、

「フィールド・エンジンは機能した。燃料タンクも満タンだという表示が出ている」

ダボヌツァーはマラガンの話は本当だろうと思った。《ヴァッコム》がここにあるのがなによりの証拠だった。フィールド・エンジンの助けを借りるだけで、艇を格納庫から出すことができたのだ。ダボヌツァーは失敗に終わった自分の試みを思いだした。表示に疑問の余地はなかったのだが。

かれはコンソールの下端にあるふたつのスイッチを押した。操縦席のすぐ下の床で、ハッチが滑るように両側に開き、明るく照らされた短いシャフトがあらわれた。

「タンクを点検するまで、わたしはなにも信じない」ダボヌツァーはいった。

シャフトの縁まで行き、人工重力によって、ゆるやかに下降した。シャフトを出ると、せまい通廊が、一本は艇首方向のポジトロニクス・セクターに、もう一本は後方のフィールド・エンジン区域に向かっていた。ダボヌツァーは一立方センチメートルのむだもなくとりつけられている機器類のそばを、やっとの思いですりぬけた。時間軌道を翔破するための大型機器は、堅牢な鋼の壁の右うしろに位置していた。左には粒子エンジンが、最後部にはフィールド駆動をになう機器類があった。タンクに近づくと、青い光が点滅しはじめた。推進剤はきわめて高密度の物質で、強力な内圧下に置かれており、静力学的フォーム・フィールドが膨張爆発を防いでいる。フォーム・フィールドによって散乱効果が発生し、周囲の空気がイオン化され、高凝縮のオゾンが生じる。この青い光は、燃料タンクに接近するのは危険だという警告を意味していた。

ダボヌッァーはあたりを見まわした。どこにも損傷は見あたらない。フォーム・フィールドに守られた推進剤を収容する輝く鋼の容器も、きのうはじめて設置されたかのように見えた。ジェネレーターに通じている太股《ふともも》ほどの太さのケーブルも、長いあいだ使用されているため色あせてはいたが、無傷だった。タンクの機能を監視する測定装置がちいさなパイプやボルトにおさまり、表面にぐるりととりつけられていた。ダボヌッァーはなにかのヒントが得られるとは期待せず、それらをひとつひとつ調べていった。そのうちのひとつでも作動していれば、タンクがからだという表示は出ない。偶然にすべてが故障するようなことは、まず起こりえないだろう。

測定装置は天井の下に設置されたマイクロコンピュータにデータを送る。コンピュータはデータをその出どころごとに分類し、パイロットのコンソールにある表示装置に転送する。もしどこかに欠陥があって間違った表示が生じたなら、それはコンピュータに記録されているはずだ。コンピュータは小型のプラスティック容器に格納され、封印されていた。封印をこじあけてもむだだとダボヌッァーは思った。コンピュータを調べるのは時間がかかりすぎる。欠陥がすでに自然にとりのぞかれたのは明らかだ。かれはプラスティック容器の表面にひっかき傷があるのに気づいた。だが、それが最近ついたものかどうか、たしかめることはできなかった。

数分後、ふたたび短いシャフトからあらわれたダボヌツァーは、ひどく考えこんでいた。ここ数時間、数日間に起きた奇妙で説明のつかない多くの出来ごとに、不快感をおぼえた。《サントンマール》とともに出発した艦十七隻が跡形もなく消え失せたことにはじまり、まったく予測していなかったアイチャルタン人との遭遇、司令スタンドのコンソール二基が以前とは異なる場所にあったこと、さらにはマイクロコンピュータが推進剤がからだとしめしたこと……一連の奇妙なできごとに説明はつかなかった。この作戦行動全体が、まるで魔法にかけられているかのようだった。

「検査の結果はどうだった？」

ダボヌツァーはサーフォ・マラガンの声にふくまれるあざけりを聞き流して、「《ヴァッコム》に問題はない」と、疲れたように答えた。「わたしが見たのは表示装置の間違いだったのだろう」

「それなら、出発できるわけだ」

ダボヌツァーは目をあげた。視線はきびしかった。

「いや、出発はまかりならん」かれはいった。「救援がくるまで、ここで待つのだ」

9

サーフォ・マラガンは操縦に集中した。意識にヴェールがかかっているようだ。いつもならなんの苦もなく操作していたスイッチやハンドルを思いだすのが困難だった。記憶はぼんやりしている。スイッチを押すたび、それが正しいスイッチなのかどうかたしかめるために手を休めた。

スカウティとブレザー・ファドンは操縦席の両側に立ち、マラガンがいきづまったときは助けた。だが、かれらの反応も緩慢だった。

《ヴァッコム》はゆっくりと動きだし、床から浮上した。艇首が格納庫の前壁に衝突したときのへこみからはなれる。投光器は艇尾のほうに向けられ、艇が出ていかなければならない穴を照らしだした。マラガンは何度か助走を試み、やっと五度めに、なんとかやってのけられる程度の自信を得た。かれは《ヴァッコム》を操縦して穴から出そうとした。艇は穴の裂けた縁に接触し、金属どうしが甲高い摩擦音をたてた。だが数秒後には、艇は外に出た。

ブレザー・ファドンは感激して叫び、スカウティはマラガンの肩をたたいた。マラガン自身は強烈な勝利感をおぼえていた。かれは艇を回転させて艇首を艦の残骸の最後部に向けようとした。操縦に成功して自信満々だったが、《ヴァッコム》の艇尾は《サントンマール》の艦首セクターの横腹に衝突した。衝突にはたいした意味はない。操縦システムはなんの損傷もこうむらなかった。だが、マラガンに正気をとりもどさせるには充分だった。

「ひとつだけ、はっきりさせておきたい」かれはスカウティとファドンにいった。「われわれの思考力はどんどん低下してきている。そのうち、学んだことをすべて忘れてしまうだろう。はたしてこの搭載艇で時間軌道にはいれるかどうか、わたしには自信がない」

「それがどうした？」ファドンは上機嫌でいった。「ダボヌツァーは、われわれが必要としている知識をすべて持っている」

「でも、わたしたちを助ける気はまるでないわ」スカウティは皮肉っぽくつけくわえた。

「それが問題だ」マラガンはいった。「もしダボヌツァーが拒否したら、なんとかして強制する方法を見つけないと」

かれらは艇のなかを調べつくしたが、どこにも武器は見つからなかった。ダボヌツァーは武器を所持している。問題はそれだった。三人は大急ぎで、おおよその計画をたてた。そのとき、ダボヌツァーの姿が見えた。

＊

サーフォ・マラガンはずっとあとになって、自分が何時間ものあいだ、目の前のことばかり考え、遠い将来についてはなにひとつ考えをめぐらせていなかったことに気づいた。《ヴァッコム》をどこに向かって操縦すべきかも、わからなかった。どこかから助けを得たいと願っていたことだけはたしかだが、艦隊の規則を破り、上官の命令を無視しようとしたとは考えなかった。自分と仲間が反抗的態度をとったことで責任をとらされるだろうとは、つゆほども思っていなかった。かれはただ、状況にたいして判断をくだしただけだ。その判断だけが重要だった。自分に同意しない者は正しくない。単純なことだった。

フィールド・エンジンのための推進剤がなくなっていると表示装置がしめしたというのは、弁明のためのダボヌツァーのつくり話だと、マラガンは信じて疑わなかった。ダボヌツァーは自分たちが《ヴァッコム》で逃げることを望んでいない。第二艦長のかれがわざわざエンジン室までおりていき、タンクを調べたのは、たんに面目を失いたくないための策略にすぎないとマラガンは見ていた。ダボヌツァーは三人の新入りをあざむいたことを、いまになってもまだ認めないつもりなのだ。

「検査の結果はどうだった？」ダボヌツァーがシャフトから姿を見せたとき、マラガンは訊いた。

「《ヴァッコム》に問題はない」マラガンの得た答えだった。ダボヌツァーは疲れた声をしていた。混乱しているようだ。マラガンはダボヌツァーがすべきことをしたと認めた。「わたしが見たのは表示装置の間違いだったのだろう」

「それなら、出発できるわけだ」マラガンはいった。

ダボヌツァーはショックをうけたようだった。その態度から混乱が消えた。褐色の目がきびしくなった。

「いや、出発はまかりならん」かれはいった。「救援がくるまで、ここで待つのだ」

「意味のないことだ」マラガンは反論した。「救援艦隊がくるまで、どれくらいの時間がかかるのか、だれも知らない。本当にくるのかさえわからない。《サントンマール》は無価値な残骸で、艦内には死体しかないんだ。それを知っているクルミツァーが関心を持つはずがないだろう？」

「クルミツァーは救援艦隊を送ってくる」ダボヌツァーはおさえた声でいった。「たとえ残骸でしかなくても、かれには自分の艦への責任がある。長い討論はここでは無用だ。《サントンマール》艦内で救援艦隊の到着を待つこと。これが命令だ。この命令に逆らう者は即刻、それ相応の処罰をうける」

マラガンはそれ以上強くもとめてもむだだとわかった。ダボヌツァーの右手が、ベルトのホルスターにはいったショック銃にもうすこしでとどきそうになっている。しばらく気をそらさせることが肝要だ。ダボヌツァーの不信が去るまで、計画の実行は延期するしかなかった。

「あんたは第二艦長だ」マラガンはいった。「反対するつもりはない。救援艦隊がくるまで、われわれはなにをすればいいのだ？」

「思いだしたが」ダボヌツァーは皮肉たっぷりにいった。「きみたちには探知機を探せとの任務をあたえてあった。まじめに仕事をすることだな」

＊

《ヴァッコム》のかたむいた艇壁と翼面のあいだにできた隙間に、マラガンはからだを押しこんだ。すこし前にかがんで、翼面の縁ごしに下を見ると、エアロック・ハッチが見えた。ダボヌツァーは遅かれ早かれ、そこからあらわれるにちがいない。

こちらの策略は知られていないという自信があった。マラガンはスカウティとファドンとともに《ヴァッコム》をはなれた。もしダボヌツァーが監視していたなら、探知機を探せという命令にしたがい、仲間ふたりといっしょに艦首セクターに姿を消したマラガンが見えただろう。だが、わずか一分後に、マラガンは艦首の右舷側にふたたびあらわれ、浮遊している搭載艇に接近した。《サントンマール》の損傷部分を掩体《えんたい》にとりつつ、最終的に艇の後部までやってきた。後部には外側監視カメラはついていない。マラガンは粒子エンジンの暗い排出口のそばをよじのぼり、監視カメラを注意深く避けながら艇の外側を這っていき、翼面のかくれ場についた。

リスクはちいさくなかった。ダボヌツァーが新入りたちを呼びだした場合、スカウティとファドンからは応答があっても、サーフォ・マラガンからはないことになる。問題は、ダボヌツァーがそれにどう反応するかだった。

マラガンは《ヴァッコム》の艇体に軽い震動がはしるのを感じた。艇が動きだす。ダボヌツァーの考えをマラガンは知っているつもりだった。《ヴァッコム》はいま、母艦本体の上部すれすれの場所にあるが、これは危険だ。艇は《サントンマール》と同じ動きをしていないため、遅かれ早かれ、回転する残骸の突出部に衝突することになる。艇は母艦から数百メートルはなれたところに移動しなければならない。そうなれば、ダボヌツァーにとっては艇を監視しやすいという利点もあった。

マラガンは翼面の縁ごしに目をやり、艦本体のずたずたになった背面が下に沈んでいくのを見た。《ヴァッコム》艇首セクターのエンジン側が、滑るように反対方向へ向かう。艇は速度をあげずに艦の残骸表面から四百メートルのところまで動いていった。そのあと、短い方向転換があり、艇の縦軸が《サントンマール》の回転軸と平行にされた。

最後に艇は相対的に静止した。

決心する瞬間がきた。ダボヌツァーはなにをするつもりだろう？　艇内にとどまるのか、それとも、ふたたび艦の残骸にもどってくるのだろうか？　その不確実さがマラガンの神経にさわった。

そのとき、マラガンの足もと数メートルのところで、エアロック・ハッチが動いた。

＊

ダボヌツァーがハッチから浮遊してきた。宇宙服の防護プレートのあたりをいじっているのが見える。第二艦長はグラヴィトロンのスイッチをいれ、優雅な弧を描きながら残骸へと滑空し、艦首セクターのエンジン付近に着地した。艦首セクター内部に消えていくその姿は、いまやちいさな点となって見えた。これから上層デッキに行き、新入りたちが使用に耐える探知機を見つけだしたかどうかを調べるのだろう。

マラガンはかくれ場から出ていった。時間はわずかしかない。いまや、ひとつとして間違った動きをしないこと、ひとつひとつの操作を一発で決めることに、すべてがかかっている。エアロック・ハッチを開け、圧力調整がうまくいくまで辛抱強く待った。それから、通廊に滑りでて、キャビンに向かった。操縦席にすわってハーネスをしっかりと締め、エンジンを作動させ、人工重力のスイッチをいれる。突然に体重がもどり、シートのクッションにからだが強く押しつけられるのを感じた。

《ヴァッコム》は動きだした。マラガンは自分から見て下方に艇を向かわせるが、動作がいささか性急だったため、《サントンマール》の穴だらけの艦壁が恐るべき速さで接近してくるのが見えた。かれの反応はきわめて速かったが、やりすぎた。重力セクターが百八十度かたむいたとき、警告ランプがいくつか点灯し、艇ははげしく揺れた。

額に汗がにじむ。マラガンはヘルメットを腹だたしげにうしろに押しやった。あと二、三回このような失敗がつづいていたら、すぐにも計画を中断したかもしれない。かれは《ヴァッコム》の揺れを調整し、艇を注意深く《サントンマール》の壁に近づけていった。動作は慎重にしたほうがいい。《ヴァッコム》を艦の残骸表面にぶつけて砕けさせるくらいなら、数秒むだにするほうがましだった。

真正面に探知室の穴が見えた。ダボヌツァーから最初に、探知機を探してこいと送りだされたとき、この穴を通ってあがったのだ。スカウティとファドンはこのあたりのどこかにいて、待っているはず。どこにいるのだろう？　なぜ姿を見せないのだ？　これ以上、時間がかかっては、ダボヌツァーがあらわれ、すべては失敗に終わってしまう。

スクリーン上に鈍く光る点があらわれ、つづいて第二の点もあらわれた。ふたつの人影が《サントンマール》の艦体からはなれた。人影は大きくなり、艇に近づくにつれて膨らんでくるように見えた。スカウティか？　ファドンか？　マラガンは確信が持てなかった。ひとりはダボヌツァーかもしれない。たしかめている時間はなかった。外側エアロック・ハッチが開き、金属音が聞こえてきた。一瞬ののち、ちいさな音が聞こえ、通廊に不格好な宇宙服の輪郭があらわれる。スカウティの赤みを帯びた髪が遠くで輝いていた。マラガンは安堵の息をついた。

スカウティのうしろからファドンがあらわれた。若々しい顔に満面の笑みを浮かべ、勝ち誇ったように叫んだ。

「さ、出発だ！　これ以上、なにを待つというんだ？」

10

サーフォ・マラガンが譲歩し、それ以上の抗弁をしなかったことに、ダボヌツァーは不信感をいだいた。かれはいつの間にか、このベッチデ人の男の目に燃えさかる反抗の炎の意味を正しく理解できるまでになっていた。一瞬たりとも目をはなすことはできない。

ダボヌツァーは新入りたちを送りだすことによって、背後からの攻撃にそなえた。かれの見守るなか、三人は《サントンマール》の艦首セクターに姿を消した。すくなくともこの瞬間、かれらは反乱計画を忘れたように見えた。

《ヴァッコム》はこの位置では安全ではない。回転する艦の残骸の突出部がとどかない場所にうつす必要があった。多目的コンピュータの助けを借りて好都合な場所を割りだし、その結果をオートパイロットに送った。数分後、かれは四百メートルはなれたところから、母艦の堂々たる本体を満足げに見つめた。ここにいれば、艇は残骸との衝突だけでなく、ベッチデ人からも安全だ。これでもう、《ヴァッコム》に近づく者がいたらすぐにわかる。残骸の表面から艇までの四百メートルのあいだに、かくれ場はない。

ダボヌツァーは《サントンマール》にもどった。当初、救援艦隊が到着するまで四十時間かかると思っていたが、そのうちの六時間は過ぎた。もっと早く時間がたってほしい。スプーディを失ったベッチデ人三人は、時間がたてばたつほど予測のつかない行動をとるようになっている。そのそばにいるのは居心地が悪かった。狙いすましたショック攻撃でベッチデ人を無力化し、救援艦隊が到着するまで意識を失った状態にしておく選択肢を、かれは以前より真剣に考えるようになった。

ダボヌツァーは《サントンマール》の艦首セクターにはいり、反重力シャフトを通って上層デッキまであがっていった。通常周波にあわせたヘルメット・テレカムは不安になるほどしずかだった。新入りたちは探知機を探すことに没頭しているのか、あるいはまたなにかよからぬことを考えているのか？　かれらを探しても損にはなるまい。

デッキ通廊は人けがなかった。ダボヌツァーはいくつもある探知室をのぞいてみたが、だれかが作業していた形跡はなかった。かれは攻撃によって艦壁がひきさかれた場所までやってきた。そこで目をあげる。

《ヴァッコム》が頭上二十メートルにも満たないところに浮かび、動いていた。艇体が揺れ、艇首が上を向く。ダボヌツァーは本能的に危険を察知し、あらんかぎりの力でそこをはなれると、瓦礫《がれき》でいっぱいの通廊から逃げだした。間一髪、壁の穴から明るい閃光がひらめいた。粒子エンジンの噴射流が、燃えさかる蒸気のように開口部から湧きでてきた。エネルギーを帯びたイオンの流れにより、残骸の壁が震動した。

ダボヌツァーは速度をゆるめず、エンジン室についた。ずっしりとした金属の壁にできた裂け目から、残骸の後部面が見えた。《ヴァッコム》の姿はすでに消えていた。イオン化された粒子の、ゆっくりと燃えつきていく尾から、艇がどっちに向かったかが明らかになった。

*

ダボヌツァーは自分の反応がよくわからなかった。かれが感じた怒りは、ベッチデ人三人とかれらの腹黒い反抗に向けられたものではあったが、自分自身に対する腹だちでもあった。新入り三人を甘く見すぎていた。腕をのばしてもとどかない場所に《ヴァッコム》をうつすだけで充分だと思っていたのだ。だが、もっとも狼狽《ろうばい》したのは、自分が意識のどこか深いところで、安堵をおぼえていたことだった。

ほんの数分前まで心に重くのしかかっていた問題が、解決したのではないか？　反抗的な新入りたちの精神崩壊がこれ以上進んだなら、自分はどうやって身を守るつもりだったのか？　罪の意識なしにかれらを厄介ばらいできただろうか？　これらの問いに心理学者はどう答えるだろう、と、ダボヌツァーは考えた。

《ヴァッコム》の位置を変えたとき、四百メートルもはなれれば、ベッチデ人三人も艇に関心を持たなくなるものと思いこんだ。だがそれ以上に、これは不穏な反乱者たちを厄介ばらいする最上の策だという意識下の声に耳をかたむけたのではなかったか？　なぜ自分は、いるべき場所に新入りたちがいるかどうか訊いて確認することをせず、こっそり忍びよることに固執《こしつ》したのか……その結果、かれらに反乱計画を実行する時間と機会をあたえてしまった。いまではわかっている。三人のうちのだれか……おそらくサーフォ・マラガン……が、《ヴァッコム》にもどるために最短距離を選んだのだということを。おそらく、艇をどこにうつせばいいか自分が多目的コンピュータで調べる以前に、マラガンは外殻のどこかにひそんでいたにちがいない。なぜ自分はあらゆる可能性を考慮にいれなかったのか？

ダボヌツァーはどうしていいのかわからなかった。この事態において、およそ模範的とはいえない行動をとってしまった。第二艦長が未経験な新入りにあざむかれたという事実が明るみに出たら、輝かしい経歴に傷がつく。とはいえ、だれがこのできごとの詳細を明らかにせよというだろう？　ベッチデ人三人がアイチャルタン人から送りかえされたことは否定しなくても、かれらの逃亡については、自分の立場が不利にならないように語ればいい。

ダボヌツァーはその証言準備にとりかかった。嘘をつこうとは思わないが、事件の詳細については省略するか、かなりの部分を削除することは可能だ。その結果、第二艦長が事件のどの段階においても慎重で規則にのっとった処置をおこなったこと、新入り三人がたどった不幸な結末……たぶん二度とかれらに会うことはあるまい……の経過は、かれら自身の精神錯乱にもとづいていたことを、印象づける証言ができた。

だが、ダボヌツァーが自分の証言についてはっきりと認識していたのは、突然にヘルメット・テレカムから声がするまでのことだった。クランドホル語にベッチデ人ふうのアクセントをつけた言葉で、驚くほど明瞭に聞こえてくる。

「新入り三人は、搭載艇を《サントンマール》に接舷する許可を請う」

＊

ダボヌツァーは艦本体の外被の上に立っていた。アイチャルタン人の搭載艇を砲撃した直後、はじめてベッチデ人三人を見た穴から遠くないところだ。目をあげると、頭上高く、赤色恒星の反射をうけた《ヴァッコム》が見える。きらめき輝くそのさまは、ダボヌツァーの希望を打ち砕いた。

最初の瞬間、かれは言葉を失った。地獄に落ちてしまえ、と、反乱者三人をどなりつけたい衝動に駆られる。だが、冷静な理性がそれを押しとどめた。

「なにがきみたちを待ちうけているのか、わかっているはず」ダボヌツァーはいった。

「なぜ、もどろうとするのだ？」

「サーフォが倒れた」声は答えた。「さっきわたしが感じたのと同様の頭痛に見舞われた。あんたの助けがいる」

ダボヌツァーは一瞬、ためらったが、そのあとでいった。

「すぐにも助けよう。マラガンを治療しているあいだ、きみとスカウティのふたりを無力化する。それでよければ、艇を接舷してもかまわない」

「これから行く」と、答えがあった。

《ヴァッコム》が近づいてくるあいだ、ダボヌツァーは自分の脅しを全面的に実行するのは不可能だと気がついた。ファドンとスカウティをショック銃で無力化するとほのめかしたのだが、そういうわけにはいかない。マラガンの頭痛発作がどういう経過をたどったのか、ふたりから証言を得る必要があった。ファドンが倒れたときは、ダボヌツァー自身がその場に居あわせ、症状を正しく解釈した。マラガンの場合は目撃者の証言にたよるしかない。

ダボヌツァーの指示にしたがって《ヴァッコム》は艦本体の表面の比較的損傷のすくない部分に着地した。そこはダボヌツァーのいるところから百メートルほど艦尾よりだ。艇は艦体の回転によって飛ばされないよう、アンカーで母艦に繋留《けいりゅう》された。ダボヌツァーは新入りたちに必要な指示をあたえ、それが確実に実行されるよう注意をはらった。

た。「スカウティおよびファドン……外に出ろ」繋留が終わったあと、かれはふたりに命じた。「右舷エアロックを使え。わたしがきみたちを監視できるように」

抗弁するものと予想していた……それは思い違いではなかった。

「わたしたちが艇から充分にはなれていれば」スカウティの明るい声が聞こえた。「あなたも恐がる必要はなくなるわ。ショック銃で倒したりしなくても」

「つべこべいうな！」弱みだけは見せてはならなかった。「きみたちがなにもひきおこさなければ、こんなことにはならなかったのだ」

「マラガンの発作がどうして起きたのかだけでも、説明させてくれ」ブレザー・ファドンが抗弁した。「あんたは、きっと……」

「艇から出ろ！」ダボヌツァーはどなった。「すぐに！」

三十秒が過ぎたあと、右舷エアロック・ハッチが開いた。ベッチデ人ふたりは漂いおりていった。スカウティが最初だ。その小柄な体躯《たいく》からダボヌツァーにはそうだとわかった。スカウティには左へ、ブレザー・ファドンには右へ行くように指示し、最後にはふたりとも艦本体の外被にそった縁すれすれのところに立たせた。いまや、ふたりは《ヴァッコム》から百メートル以上はなれていた。ここから見張っているかぎり、思いがけないことが起きる心配はないだろう。

「さらなる指示をあたえるまで、その場にとどまっているんだ。耳を澄ませておけ。あとで質問したいことがある」

ダボヌツァーはそういうと、開いたエアロックまで浮遊していった。圧力調整には数秒しかかからない。艇の内部は通常の重力が支配していた。ダボヌツァーはキャビンへと急いだ。サーフォ・マラガンがシートふたつの上に寝かされていた。目を閉じ、微動だにしない。痛みに顔がゆがんでいた。ダボヌツァーは発射準備のできたショック銃を手に持ち、

「こんどはいたずらは許さん、ベッチデ人」と、いった。マラガンに聞こえたかどうかは不明だが。

かれが調整したとおり、外側スクリーンのスイッチははいっていた。スカウティとファドンが指示された場所に立っているのが見えた。艦が回転するため、十五分後にはファドンはかげになってしまう。それまでに治療を終える必要があった。

ダボヌツァーは極度に警戒しながら、マラガンに近づいた。

「意識はあるか？　わたしのいうことが聞こえるか？」かれは訊いた。

マラガンの顔がぴくりと動いた。ダボヌツァーはそれを肯定の意味だとうけとった。

「目を開けろ！」かれは命じた。

マラガンはやっとのことで、それにしたがったように見えた。右まぶたが震え、ほんの一瞬、あがったが、またふたたび閉じた。白目をむいているという以上のことは、ダ

ボヌツァーにはわからない。こういう症状にはなじみがなかった。かれはベルトから小型の診断用カプセルをとりだし、マラガンの宇宙服の袖をまくって、手首にあてた。カプセルの表面に数字と記号が輝いた。それらはからだのさまざまな重要機能をあらわしている。ダボヌツァーは一歩、わきにしりぞき、武器の銃把《じゅうは》をしっかりと握った。かれは疑念をいだいていた。カプセルにしめされたデータは、ベッチデ人の場合、いずれも例外なく容認できる範囲だったからだ。ダボヌツァーの見るかぎり、サーフォ・マラガンはどこにもぐあいの悪いところはない。

かれは小型診断装置をしまうために、一歩、足を踏みだした。ショック銃をマラガンの胸につきつけながら。その瞬間、マラガンが目を開いた。

「とめてみろ、クラン人！」マラガンはいった。

ダボヌツァーは力いっぱい押されるのを感じた。足が宙に浮き、支えを失って流されていく。しゅうしゅうと音が聞こえ、鈍い圧迫がくわえられるのが意識にのぼった。人工重力は失われていた。それは、制御を失った空気が艇内から宇宙空間にもれだす音だった。

〝なんという悪魔的な計画だ〟という思いが、頭をよぎる。

それは、さしあたってかれがいだいた最後の思いだった。ダボヌツァーは真っ黒いマントにつつまれたようになり、意識を失った。

11

こんなことをしてなんになる？　サーフォ・マラガンはスクリーン上で《サントンマール》の残骸が縮んでいき、最後にはただの赤く輝く点になってしまうのを見て、疑問に思った。自分はなんのために、こんなに苦労しているのだ？　残骸にとどまって救援がくるのを待つか、それとも《ヴァッコム》で出発するか……そこにどんな違いがあるのだ？　どのみち、すべてはとりかえしのつかない状態になってしまったのに。

ぎょっとした。自分がたったいま、抑鬱状態におちいっていたことがわかり、背筋が寒くなる。突然の思いがけない無力感と絶望の発作だった。

かれは振り向き、スカウティに目をやった。

「危険が迫っている」と、スカウティが陰気な声でいった。

スカウティはすぐに理解した。

「わたしもそう感じるわ。一瞬たりともむだにできない」

スカウティのそばにすわるブレザー・ファドンは、首をのけぞらせ、無関心なようすで天井を見つめている。マラガンは急制動のスイッチをいれた。《ヴァッコム》が相対的に静止するまで数分かかった。《サントンマール》の姿はもう、どこにも見えない。セント・ヴェインは弱々しい光点でしかなかった。

「手伝ってくれ」マラガンはスカウティにもとめた。

かれらは一連のスイッチ操作をおこなった。ダボヌツァーは完全に困惑した状態で艇内にはいってくるだろうが、たぶんなんらかの策略だと推測するだろう。その不信感はまちがいなく、病気をよそおっているマラガンにのみ向けられる。それまでファドンとスカウティは、おそらく艇内にはいられまい。ダボヌツァーはふたりを艇外に追いやるだろう。しかも、安全を確保するためにショック銃で倒しておくかもしれない。しかし、マラガンにのみ集中することで周囲への注意をおこたり、容易に罠にはまることになるだろう。驚かせるだけでは不充分だ。ただし、空気が流出したさい、ダボヌツァーがすぐにヘルメットを閉じてしまったら、計画は失敗に終わる。かれを混乱させ、タイムリーで筋の通った反応をさせないような第二の要素が必要だった。

マラガンとスカウティは重力喪失と思いきった減圧を組みあわせることに決めた。どちらも同一のスイッチで解決できる。スイッチは音声信号に反応するので、マラガンが〝とめてみろ、クラン人！〟といえば作動するようにした。

作業には一時間以上を要した。ときどき休憩をとる必要があった。スイッチ操作をよく理解できなかったからだが、それ以上に、集中を持続するのが無理だったからだ。しまいにはファドンも人事不省に似た状態から目ざめ、ふたりに手を貸したものの、マラガンにはテストをおこなうだけの余力がなかった。スイッチが目的どおりに機能することをあてにするしかない。だが、スカウティがそうはさせなかった。三人のなかで彼女はスプーディ脱落の影響がもっともすくなかった。マラガンはしぶしぶ装置を点検し、それが問題なく機能することを確認した。

「このあとは、艇を《サントンマール》にもどしさえすればいいのよ」スカウティはいった。「それで、わたしたちの心配も終わりよ」

＊

ダボヌツァーが目を開けると、マラガンがそばにいた。跳びおきようとしたが、マラガンに肩をつかまれ、キャビンの床の敷き物に押しつけられた。

「あわてて動くな」マラガンは警告した。「まず、あんたの状態を訊きたい。痛みはあるか？　薬がいるか？　酸素なしでいたのは十五秒もなかったから、深刻な影響があるとは思わないが」

ダボヌツァーは否定する身振りをし、ベルトに手をやった。

「ああ、やめろ」マラガンは笑って、「そこにはもうなにもない。あんたがわれわれを思いどおりにできる道具は、なにもかも奪った」

「おろか者め」ダボヌツァーはいった。「きみたちは反乱のかどで、艦隊に責任を問われるだろう。なにをたくらんでもむだだ」

「われわれの計画では、すくなくとも、また艦隊に会える」マラガンは答えた。「だが、あんたの計画にしたがえば、われわれは永久にこの残骸にとどまることになる」

「あと三十時間たらずで、救援艦隊はここにくる」ダボヌツァーは強調した。「きみたちにはまだ時間があり……」

マラガンは手振りで、かれを黙らせた。

「心配無用だ。なにもかもよく考えたうえでのこと。待つのは無意味だし、危険でもある。われわれはもう、三十時間もたない。目に見えて精神錯乱が進んでいる。新しいスプーディが必要だ」

「きみたちは新しいスプーディをもらえないばかりか、刑罰をあたえられたあと、キルクールに送りかえされる」ダボヌツァーは主張した。

「そうだとしても、ここで待つよりはましだ。刑罰が待っていることは承知している。だが、われわれが自分たちの過失でこのような状況におちいったのではないことを、艦隊は考慮すべきだ。第一艦長クルミツァーが試験をうけさせようとさえしなければ、われわれ、アイチャルタン人の手には落ちなかった。アイチャルタン人が尋問しなければ、われわれはまだスプーディを保持しており、あんたといっしょに辛抱強く救援艦隊の到着を待っていただろう」

マラガンは自分の抗弁が、ダボヌツァーの心を動かしたと思った。いいたいことはまだあったが、その瞬間、頭蓋に激痛がはしった。目の前ですべてのものの輪郭がぼやけていく。かれはよろめきはじめた。肩をだれかがつかんで支えた。スカウティがダボヌツァーにいうのが聞こえてきた。

「どれほど悪い状態かわかったでしょう。時間をむだにはできないわ。あなたは、わたしたちの支配下にある。これ以上のためらいはむだよ。すぐに仕事してもらうわ」

ファドンがマラガンをシートにすわらせた。マラガンは感謝しながら身を沈めた。

「きみたちはどこに向かうつもりだ？」ダボヌツァーは訊いた。

「第八艦隊のネストよ」スカウティは答えた。「それ以外のどこへ行くというの？」

「《ヴァッコム》がそこまでの航続距離をこなせないことを、考えてみたことはあるのか？」

＊

ダボヌツァーの反論を聞いて、マラガンはふたたび立ちあがった。まだ頭蓋にはさっきと同じ、刺すような激痛があったが、第二艦長の言葉に愕然としたのだ。ダボヌツァーはいつの間にか身を起こしていたが、マラガンにはぼんやりとしか見えなかった。マラガンは手をのばし、だれかの助けを借りようとした。ファドンがうしろから走ってきて、かれを支えた。

「航続距離がどうしたって？」マラガンは訊いた。「このクラスの搭載艇には四百光年の行動半径がある。第八艦隊のネストはここから四百光年たらずの範囲内だ。心配いらないのではないか？」

「立ちたいのだが」ダボヌツァーはいった。「じゃますれば、なおさら、わたしの助けなしで辛抱しなければならなくなるぞ」

ダボヌツァーは立ちあがった。スカウティはショック銃をかれに向けたが、ダボヌツァーは慎重に動き、どんな状況にも対応できることを見せつけた。

「きみがいった数字は最大値だ」かれは説明した。「エネルギーを満載した、修理したての搭載艇にあてはまる。《ヴァッコム》は明らかにそのいずれでもない。記憶によれば、発進命令が出たさい、われわれにたいした時間はあたえられなかった。《ヴァッコム》が最上の状態になるように整備されたとは思えない。確認することは可能だが」

「では、確認しろ！」サーフォ・マラガンはわめいた。

ダボヌツァーは手をあげた。

「いつでも確認はできる。だが、わたしはきみたちを信用していない。たとえ悪意はなくても、精神錯乱がどんどん強くなってきているので、自分たちの意図を忘れてしまうのだ。目的地に向かってこの搭載艇を操縦するのは、自力では不可能だときみたちは知っている。いいか。じゃまをしなければ、わたしはきみたちの無理強いにもしたがうだろう。だが、面倒を起こせば、ここにとどまることになるぞ！」

かれらの答えを待つまでもなく、ダボヌツァーは向きを変え、操縦席まで歩いていった。一連のスイッチを作動させ、注意深く計測機器を見た。《ヴァッコム》の時間軌道航行能力についての情報が表示される。マラガン、スカウティ、ファドンは、黙ってかれを見守っていた。

「ボーダーラインすれすれだ！」ようやくダボヌツァーはいった。「現状では時間軌道における《ヴァッコム》の航続距離は、四百光年プラスマイナス十パーセント」

「つまり、第八艦隊ネストに到着する可能性はあるわけだ」マラガンは断言した。

「だが、途中で動けなくなる恐れもある」

「通信で救助を呼べばいい」

「それが問題だ」ダボヌツァーは事実だけを冷静に話した。自分たちの計画を放棄させようとする最後の試みに出たのだと、マラガンは感じた。「わたしの見たデータによれば、ネストは四百二十三光年の距離にある。コース・コンピュータを使えば、より正確にわかるだろう。ところが、われわれが時間軌道で翔破できるのは四百光年だ。艇の通信の到達距離は最長で二十光年……それも、障害物のない真空の場合で。ネストの周囲は障害物だらけだ。つまり、ネストへの通信連絡はできない。われわれの乗り物が通信到達距離内で実体にもどるかどうか、偶然にまかせるしかないということ。きみたちの宇宙航行経験はわずかでしかないが、それでも、そんな偶然が起きる可能性は、ほんの微々たるものでしかないことくらいは見当がつくだろう」

マラガンの頭痛はしずまり、ふたたび自由に思考できるようになった。ダボヌツァーの論拠をむげにはねつけることはできなかった。《ヴァッコム》を航行させれば、死に向かって直行することになるかもしれない。だが、ほかに選択肢があるだろうか？　ここにとどまり、救援艦隊の到着を待つあいだに、正気を失ってしまうのか？

だめだ！　それだけははっきりしている。リスクを冒すしかない。第八艦隊ネストに到達するチャンスはわずかかもしれない……だが、ここで自分たちを待ちうけている狂気にくらべたら、まだましだ。《ヴァッコム》が時間軌道で到達できる距離の終わりにつくまでには一時間かかる。一時間以内に、やってのけられるかどうか、はっきりするだろう。失敗した場合は、狂気に身をゆだねるか、すみやかに終わりを遂げるか、各自が決めればいい。マラガンは自分がどう決心するか、わかっていた。

「決心はついたか？」ダボヌツァーは訊いた。

「ついた」マラガンはきびしい顔で答えた。「リスクを冒すことにする」

12

時間を稼がなければならない。

ダボヌツァーの行動はこの原則にのっとっていた。精神的に正常な者たちと関わるなら、かれの立場はそれほどむずかしいものではなかった。搭載艇の操作を理解していないベッチデ人三人にとって、ダボヌツァーは唯一の助っ人であり、その計画にしたがうしかなかっただろう。状況は不明確だったはずだ。かれらは武器を持っていたとしても、それを使うわけにいかなかったのだから。

だが、実際の状況は違う。新入りたちの精神錯乱は分刻みに悪化していた。かれらのひとりがいつ狂気におちいるか、前もって知ることはできなかった。そのだれかがみずから艇を操縦しはじめたら、ダボヌツァーは用ずみになるだろう。三人の怒りを招くようなことは避けなければならない。感情的になることで、論理的思考力の崩壊が速まるからだ。一刻の猶予もないが、それをあからさまにするわけにはいかなかった。

さまざまな原因でスプーディをなくし、それによって狂気におちいった他種族の者がどういう経過をたどったか、ダボヌツァーは知っている。どの場合も、錯乱が絶え間なく進行し、症状が快方に向かうことはなかった。この点、かれはベッチデ人に狼狽していた。三人の場合、錯乱と正気が交互に、予測不能のリズムで起きるのだ。たとえばサーフォ・マラガンだが、危険なまでの気まぐれから正常そのものの理性的な言動への転換は、観察者がついていけないほど速かった。ベッチデ人の精神錯乱を妨げ、あらたな精神力を補給する秘密の力が、背後に存在しているかのようだった。

だからといって、最終結果は変わらない。ベッチデ人が破滅に向かっていることは、心理物理学者でなくても知ることができた。出発準備がととのう前に新入りたちの精神が完全に錯乱してしまえば、ダボヌツァーの勝ちだ。たとえ《ヴァッコム》を出発させなければならなくなっても、最終的にベッチデ人が行動能力を失ったとき、もはや帰還できないほど《サントンマール》の残骸からはなれていなければいいが!

ダボヌツァーは操縦コンソールのデータ接続経由で、コース・コンピュータのプログラミングを調べた。予想どおり、記憶バンクには第八艦隊ネストの座標がはいっている。つけくわえるべきは、《ヴァッコム》の現ポジションと時間軌道に移行するための操縦パラメータだ。新入りたちはかれの作業を見守っていた。このミッションの危険性を考えると、パラメータの計算には特別の慎重さが必要であることを、三人に理解させるのは困難ではなかった。ダボヌツァーは現実にはなんの意味もない面倒な計算をはじめ、その途中で動きをとめた。ブレザー・ファドンが狂乱状態におちいったのだ。マラガンとスカウティがやっとのことでおちつかせた。

ダボヌツァーはこれによって、たっぷり二時間を稼いだ。だが、しだいに忍耐の限界に近づきつつあるマラガンを前にして、同じ動作を何度くりかえしても操縦パラメータにはなんの変化もあらわれないことを認めるしかなかった。

つまり、決定的瞬間が到来したということ。《ヴァッコム》の出発準備がととのったのだ。

＊

宇宙空間がトンネルのごとくせばまっていくように見えるなかを、《ヴァッコム》は光速の八十パーセントで疾駆していった。艇が出発してから二十分が経過していた。時間軌道へ移行するまで、あと数秒しかない。ダボヌツァーは加速段階でエンジンをフル稼動させることは断念した。時間軌道への突入時に操縦パラメータを正確に維持すれば、それだけ航続距離が大きくなる。パラメータのうち、もっとも重要な意味を持つのは、時間軌道へ移行する瞬間の艇の速度だ。経験値によれば、最大加速価の六十五パーセントをたもつのが最善とされている。

それは正当で納得のいくことだった。おまけに、価値ある数分間を追加で手にいれることができる。

ベッチデ人三人は決まった手順にしたがっていたが、ダボヌツァーは一瞬たりとも目をはなすことができなかった。いまや、精神の衰えが加速的・連続的に起きていて、ますます強く、あとまで影響をおよぼすものとなりつつある。それでも、マラガンが頭痛のためにひきさがると、スカウティがそのかわりをつとめ、スカウティが一時的にバランスを崩すと、ファドンが助けていた。

ダボヌツァーは青い警告ランプが点滅するのを見て、艇首スクリーンの映像に注意を向けた。〝トンネル〟はますますせまくなり、星々は信じられないほど深みのあるむらさき色に輝いている。そのあとふいに、幽霊現象のように映像が消え、単調でぼんやりしたグレイの色がスクリーンにひろがった。《ヴァッコム》は四次元連続体を去り、時間フィールドにおおわれて、クラン人が時間軌道と呼ぶ、理性では認識できない時空構造体のなかにいた。

ダボヌツァーはベルトをゆるめて立ちあがった。

「どこへ行く？」マラガンが疑わしげに訊いた。

「どこへも」ダボヌツァーは不機嫌に答えた。「立ちあがって、手足をのばすのだ」

クロノメーターを見るのは避けた。かれの計画では、あと四分半で機能不全となり、時間軌道から通常連続体にもどることを余儀なくされる。故障するよう、あらかじめプログラミングしておいたのだ。あとから検査すれば、意図的なプログラミングだったことがわかるのだが。ダボヌツァーは新入り三人がこのような検査をおこなう能力がないことを願った。

けたたましい警報音に、ダボヌツァーは耳をそばだて、クロノメーターに目をやる。反射的にそうするのをおさえることができなかった。四分半のうち、まだ二分しかたっていない。操縦コンソールでは五つの警告ランプがせわしなく点滅していた。急いで歩みより、測定装置の表示を読んだ。

ダボヌツァーはひと目で問題を見破った。用意した故障プログラミングの効果を待つ必要はなかったのだ。ほかのだれかが自分にかわってその作業をおこなっている。《ヴァッコム》のコースは危険なまでに妨害されていた。

*

ダボヌツァーは腹だたしげに手を動かして、サーフォ・マラガンのせっかちな問いを無視した。視線を一秒たりとも測定装置からはなさずに、スイッチの切りかえをおこなう。手が自動的に動いていた。

スクリーンのグレイが宇宙の漆黒に変わり、星々の光点があらわれたとき、かれはほっと息をついた。粒子エンジンが鈍い遠雷のような音とともに作動し、《ヴァッコム》

は最大価で減速した。

ダボヌツァーは目をあげた。はすむかいにマラガンが立ち、ブラスターの銃口をこちらの額に向けている。ダボヌツァーは怒りがこみあげてくるのを感じた。

「撃ってみろ、おろか者」かれは吐きすてるようにいった。「そうすれば、きみもすくなくとも未来について思い悩む必要はなくなる」

「はったりじゃない、本当に撃つぞ」マラガンは冷たい声でいった。「あんたが納得のいく説明をしないなら」

ダボヌツァーは機器類をさししめし、

「艇は間違ったコースをとっている」と、いった。

「どうしてそうなったんだ？　あんた自身がコース・コンピュータをプログラミングしたじゃないか。データが正しいことを確認するのに二時間も費《つい》やして」

ダボヌツァーの指はコンピュータに接続されたキイボードの上を滑るように動いた。一連のデータがちいさい表示盤にあらわれた。

「これがわたしの入力したコースデータだ」ダボヌツァーはいった。「間違ってはいない」

「では、どうして……」

ダボヌツァーが唐突に立ちあがったので、マラガンは思わず一歩さがった。ブラスターの銃身が上に向けられ、危険なまでに震えている。ダボヌツァーはスカウティのほうを向いた。

「きみは三人のなかで、いちばん冷静なようだ」かれは急いで話しだした。「この男をわたしから遠ざけてくれ。わたしには考え、分析する時間が必要だ。われわれは危険にさらされている。《ヴァッコム》はわたしが制御できないコースをとっているのだ。誤りを訂正しなければ、われわれの命は宇宙の藻屑となる」

その言葉が強い印象をあたえたのが、ダボヌツァーにはわかった。

「サーフォ、かれにかまわないで」スカウティはもとめた。

「かれはあざむく気だ」マラガンはうなった。「われわれをだまそうとしている！」

「ばかなことをいわないで」スカウティの声は異常なまでに鋭かった。「ダボヌツァーのいっていることは本当よ」

ようやくマラガンはしりぞき、ダボヌツァーは作業にとりかかった。背後でブレザー・ファドンがすすり泣きはじめた。ダボヌツァーは中断されてありがたかった。それにより時間稼ぎができ、自分の計画に近づいていく。かれは作業の手をとめて、ファドンのようすをうかがった。幻覚に襲われているらしく、マラガンとスカウティが面倒を見ている。ファドンは目を大きく見ひらいていた。なにか恐ろしいものを見たかのように。自分を助けてくれる者を拒み、その顔の見分けもつかないようだ。もう先は長くない、と、ダボヌツァーは思った。

一方、状況は危険度を増していた。オートパイロットは、どこから得たのかダボヌツァーにも不明なコースデータにしたがっていた。コースデータの入力は操縦士の任務だ。かれはそのためコース・コンピュータを用いた。コンピュータはオートパイロットが〝理解〟できる値《あたい》にデータを変換し、記憶バンクに保管する。オートパイロットの記憶バンクにはコース・コンピュータ経由でしかアクセスできない。ダボヌツァーが《ヴァッコム》出発前にあらたにコースデータを入力したとき、オートパイロットにあらかじめ記憶されていたものはすべて上書きされたはず。なぜ、そうなっていないのか？　なぜそれに、もともと記憶バンクにはいっていた目的地座標はどうなったのだろう？　なぜそれが使われなかったのか？

ダボヌツァーは記憶バンク全領域の内容を調べた。データ処理装置のスクリーンに、一連のデータがあらわれた。かれ自身が入力したものであり、すでに存在していたもの……つまり、第八艦隊ネストの座標だ。データは前もって確信していたように、正確だった。記憶バンク領域の最初にもどり、バイナリ・コード表示にする。そこであることを思いつき、すべての桁がゼロおよび、すべての桁が最大値のデータ列だけをスクリーンに出してみた。疑念が正しかったことがわかった。記憶バンク領域の最初に、べつのアドレスに飛べという指示があったのだ。

つまり、オートパイロットがコースデータを参照するたび、ダボヌツァーが入力したのとは異なるアドレスに飛んでいたことになる。ダボヌツァーは指示されたアドレスを解読し、そこにふくまれるデータを出してみた。計算での分析によれば、《ヴァッコム》が現実にとっているコースは、向かうべきポジションから百十度それていた。搭載艇は第八艦隊ネストに向かって航行するのでなく、そこから遠ざかっていたのだ。

＊

サーフォ・マラガンはダボヌツァーが事情を説明するあいだ、不機嫌でいらだっていた。だが、スカウティがすばやく、かれをおちつかせた。

「これはわたしたちの計画にとって、どういう意味があるの？」彼女は訊いた。

「時間の損失だ」ダボヌツァーはおちつきはらって答えた。「それができるだけすくなくなるように試みるが、正しいデータは手動で記憶バンクに入力することになる。オートパイロットのプログラミングは変えることができない。のこる手段は、オートパイロットが向かうと思われるポジションで、ネストの座標と操縦パラメータを入力しなおすことだけだ」

「《サントンマール》にもどることはできないの？」スカウティが訊いた。

その問いに、ダボヌツァーは驚いた。まさか、ベッチデ人がわずかばかりの思考力を使ってこの可能性に行きつくとは。

「それもだめだ」かれはいった。「《ヴァッコム》が時間軌道に潜入したさい、コースデータは記憶バンクに細工されたものにあわせたから」

「そのデータはどこへ行けと指示していたの？」

「それはこのあとつきとめる」ダボヌツァーは答えた。

つきとめるべき問題はほかにあった。《サントンマール》が第八艦隊のネストを出発したとき、搭載艇は最高性能を発揮できる状態とはいえなくとも、出動準備と機器類が確実に作動するかどうかのテストは通常どおりおこなわれた。テストは出発準備の命令がくだってすぐに、ポジトロン装置で自動実行されたはず。オートパイロットのデータ記憶バンクに不当な指示がはいっていれば、このテストで見おとされることはまずありえない。納得のいく説明はふたつしかなかった。テストが実施されなかったか、あるいは、不当な指示が……間違ったコースデータやポジション・データとともに……《サントンマール》出発後におこなわれたかだ。統計学と航行技術について徹底した教育をうけたダボヌツァーは、最初の可能性はほとんどありえないと思った。

スカウティの問いに答えるのはかんたんだ。不当な座標がしめしているポジションは、《サントンマール》から五百光年はなれた、物質濃度の低い宙域の真っただなかにあった。《ヴァッコム》には到達不能なところだ。コース・コンピュータの星図カタログによれば、星々のすくないこの宙域の手前に恒星が四つある。そのうち三つはカタログ記号だけだが、四つめの恒星にはフェロイという名前がついていた。恒星フェロイは惑星をいくつか有し、そのなかのクラトカンという惑星にクラン艦隊の基地がある。《ヴァッコム》が不当なコースをとりつづけていれば、フェロイ星系から四十光年の距離を通りすぎるところだった。時間軌道にもぐりこんだら、星系には気づかなかっただろう。《サントンマール》の残骸とフェロイ星系とのあいだには、四百三十一光年の距離がある。ダボヌツァーはすぐさま、どのような可能性がのこされているかを見破った。フェロイに向かうためには、飛行ベクトルをほんのわずか変えるだけでいい。目的地の座標も同じく訂正しなければならないが、第八艦隊ネストに向かうのに必要とされるよりも、はるかにちいさな訂正ですむだろう。

それが自分のすべきことだと、ダボヌツァーは思った。そのさい、時間稼ぎをしなければならなかった。そうすれば、狂気がベッチデ人三人の意識を完全に乗っとる可能性が生まれる。《ヴァッコム》をふたたび動かすよう強いられても、自分が生きのびるチャンスは以前よりましになるだろう。

新入りたちには、コース変更について真相を知らせないつもりだった。

13

サーフォ・マラガンは自分の周囲で起きていることに、ほとんど気づかなかった。ダボヌッァーがエンジン室とポジトロニクス・セクターに通じるハッチを開けてシャフトに消えるのを見たが、なんとも感じない。自分の思いにふけっていたのだ。

マラガンはいきづまっていた。ダボヌッァーのいうとおりだ。第八艦隊ネストに到着する見通しは滑稽なほどすくなく、むしろ死に直面するほうが確実だった。キルクールの空に誓って……自分には死への覚悟がある！　あの狩猟の日々も、同じだった。自分の肉をほしがる獣たちを夢中で追っていた。まばたきもせず、なんの不安も感じずに。

残念なのは逃した可能性だ。マラガンは伝説的な先祖の船《ソル》を探しだすためにキルクールをあとにした。スカウティとブレザー・ファドンとともに出発してから数週間は、勇気づけられるような言葉は得られなかった。先祖の船について聞いたことのある者はだれもいなかった。

それでも、マラガンは自分の計画を放棄しなかった。クランドホル公国の前哨地にいたのだから。かつて公爵の権力によって設立された公国の内部に望みをつないでいた。惑星クランに行けば、《ソル》についてなにか聞けるかもしれないと思った。なぜなら、伝説およびクロード・セント・ヴェインの手記によれば、《ソル》は比類なき船で、一度でもそれを見た者は忘れられず、それについて語らずにはいられなくなるからだ。

マラガンにはひとつの希望があった。クランドホル公国の賢人について聞いたことがある。賢人は公爵たちにひそかに助言をあたえる存在のようだ。その居場所はだれも知らないらしい。賢人がどうやって公爵たちと連絡をとりあうのかも不明だった。《ソル》についてなにかを知っているのは賢人だろうとマラガンは思っていた。はじめて耳にしたときから、賢人を探しだし、《ソル》について教えてほしいと懇願する決心をしていた。いたずらに希望をいだかせてはならないと思って、仲間ふたりには話さなかった。いまはそれでよかったと満足している。

これ以上はもう見通しがたたないからだ。狂気が自分の精神につかみかかろうとしていた。明晰な思考が最終的に不可能となるまで、あと何時間、いや、何分間、のこされているのだろう？

マラガンは立ちあがった。

「どこへ行くの？」スカウティが訊いた。その声は弱々しく単調だった。

かれは答えなかった。スカウティもなにもいわなかった。

マラガンは右舷ハッチまで、せまい通廊をゆっくりと歩いていった。板ばりの壁に視線を滑らせ、それを心に刻みこんだ。これを見るのもこれっきりだろう。輝く蛍光プレートを見あげ、黙って別れを告げた。内側エアロック・ハッチに行きつき、開閉メカニズムをもてあそぶ……わたしはなにをしているのだ？　なんらかの理由で装置がいうことをきかないかもしれないと、ありえない希望をいだいているのか？　ハッチは閉まったままで、自分が最後の一瞥《いちべつ》を投げる必要はないとでも思っているのか？

品位を落とす行為だ！　キルクールの狩人にはふさわしくない、恥ずべき行為だ。マラガンは決心し、ハッチを開け、外側エアロック・ハッチまで歩いていった。スイッチ・ボタンにはなじみがある。ヘルメットを閉じ、赤く光るまるいスイッチに触れた。エアロック室が閉まる。ポンプが動きだし、ちいさなうなり音が聞こえた。青いスイッチが光った。かれはそれに手袋の表面で触れた。外側ハッチが開き、目の前にはてしない星々の海がひろがった。

＊

自分はどうなるのだろう？　死は眠りのように訪れるはず。かれにはわかっていた。第八艦隊ネストにあった試験室で、しばしば長期にわたって訓練したから。酸素供給がすくなくなっていくにつれて脳の働きは不活発になり、最後には機能を停止する。これはそれほど苦しい死に方ではない。ステビアの粘液に触れてひどい最期を迎えるのにくらべれば、なんでもなかった。

マラガンは居ずまいを正した。筋肉の力で宇宙空間に出られるだろう。グラヴィトロンのスイッチをいれてはならない。もしスカウティがかれの身を案じはじめたら、この重力ジェネレーターから生じる探知エコーを手がかりにして、なんなく見つけだすだろう。見つかりたくはなかった。

膝を曲げたとき、影が跳びだすのが視野のすみに見えた。驚いて、ふたたび居ずまいを正した。小さなエアロック室の天井にあるライトが消える。あまりの暗さに、明るさに慣れたマラガンの目は、もはや周囲の輪郭さえとらえられなくなっていた。ヘルメット・マイクロフォンから、がりがりという雑音が伝わってきた。

「だれだ?」マラガンは思わず訊いた。

数秒後、ふたたびライトがまたたきながら点灯した。見まわしたが、エアロック室はからっぽで、いつの間にか外側エアロック・ハッチが閉まっていた。自分がなにをしようとしていたかに気づき、マラガンは愕然とした。ほんの数秒前に自分がどれほど深刻な精神錯乱状態にあったかを悟り、恐怖に襲われた。

自分の命は無造作に投げすてていいほどに無価値なのか? キルクールの狩人が自殺したなんて、これまでに聞いた者がいるだろうか? マラガンは混乱していた。だが、それは当然のことであり、つゆほども危険なところのない狂気だった。かれは自分が自殺しようとした動機がなんなのか理解できなかった。なぜ悪魔のささやきに耳を貸したのか、わからなかった。

手袋の背にある測定装置に目をやり、圧力調整がおこなわれたのを知った。ヘルメットをずらし、内側ハッチを開けた。キャビンにもどりながら、自分の体験したことをスカウティとファドンに話したものかどうか考えた。話せばかれのイメージをゆがめ、もはや健全な精神を持たない、信頼できない男であるとしめす結果になるかもしれない。だがその一方で、ふたりへの警告にもなるはず。自分と同様の自殺衝動がいつなんどき起きるかわからないことを理解するだろう。それに準備し、対処することができるかもしれない。かれはふたりに話そうと思った。

だが、自分といっしょにエアロック室にいたのは何者か？　視野のすみを滑るように動いていった影はだれのものだったのか？　だれがライトを消し、外側ハッチを閉じ、圧力調整をおこなったのか？　マラガンにはわからなかった。キャビンに向かう目の前の通廊はからっぽだった。

それでも、ひとつだけたしかなことがあった。マラガンが狂気の呪縛をしりぞけ、明晰な思考力をふたたび獲得したのは、ほかならぬそのだれかが、その場に居あわせたからだということだ。

14

オートパイロットの記憶バンクにデータを転送するのは、この目的に特化されたマイクロコンピュータだった。このコンピュータはオートパイロット用記憶バンクに直接、接続されるようになっており、通常は指揮官クラスの将校だけが持つ特別の知識を有しているのと同じ操作が可能になる。

ポジトロニクス・セクターは、その奥のエンジン室ほど息がつまるせまさではなかった。中央ユニットと記憶バンクがひしめくなかに、作業できるほどの隙間がある。

ダボヌツァーはマイクロコンピュータを作動させた。最初の反応は、このマシンを最後に使った者が専門的知識に乏しいことをしめす誤表示だった。不当なコースデータがオートパイロットに入力されたのは《サントンマール》の出発後ではないかとの疑念が、これで裏づけられたと思った。入力したのがだれにせよ、その者はコンピュータの操作にとくに慣れているとはいえないことも明らかになった。

ダボヌツァーはフェロイ星系のポジション・データおよび、コース変更のための操縦パラメータを呼びだした。だが、数値を入力する前に、あることに思いいたった。ふいに、ここでなにがおこなわれたのか、多少とも明確なイメージを得たのだ。入力しようとしたことで喚起されたようだった。論理的な印象を持つイメージが意識に浮かびあってきた。不明な問題は……いまのところ……ただひとつ。いったいだれが、ここでデータを改竄《かいざん》できたのかという点だ。ベッチデ人の新入り以外に問題となる者はいない。この介入は、アイチャルタンの宙賊が《サントンマール》を無力な残骸に変えてしまったあとにおこなわれたものだと、いまはほぼ確信しているからだ。だが、新入りたちはなんのためにデータを細工する必要があったのだろう?

ダボヌツァーは艇尾のエンジン室まで行った。推進剤のタンクに近づいていくと、青い警告ランプが点灯した。ダボヌツァーは考えこみながら、天井の下に設置されているマイクロコンピュータをじっと見つめた。それによりタンクの測定装置の信号が受信・分類され、操縦コンソールに転送されるのだ。以前、プラスティック容器の表面にひっかき傷を見つけたことを思いだし、想像をめぐらせた。

その未知者がなんらかの目的で《ヴァッコム》をわがものにしようとした、と、仮定してみる。未知者の目的地は、オートパイロットの記憶バンクにはいっていた座標とは異なるどこかだ。つまり、目的地の座標とコース・パラメータを変更するため、ここにひそんだということ。最終的にはやりとげたわけだが、データ入力に使ったマイクロコンピュータに習熟していたとはいえない。艇を動かそうと試みたとき、未知者はフィールド・エンジンが機能していないことに気づいた……推進剤が不足しているために。

機械や装置類がひしめくこの場所で、問題は推進剤の不足ではなくマイクロコンピュータだと確認するまで、ずいぶん苦労したはずだ。コンピュータは戦いのさなかに損傷をうけ、もはやデータを伝達することができなくなっていた。誤表示をとりあえずそのままにして出発してもよかったが、そうするかわりに未知者はコンピュータを修理し、そのさい、容器の表面に傷をつけてしまった。細かいことにこだわるタイプなのか？　たぶん、そうではあるまい。だれかほかの者が《ヴァッコム》を動かそうとしたとき、誤表示に気づいてひるんではまずいと考えたのだ。未知者にとっては、だれの操縦にせよ、艇が動きだすことだけが重要だった。艇が時間軌道にはいれば、自動的に未知者の目的地にコースをとるのだから。だが、その目的地が《ヴァッコム》の航続距離外にあることを未知者は知らなかった。

この最後の点をダボヌツァーは考えた。そうだ、それにちがいない。だが、その未知者はだれなのか？　最初に思ったように、新入りたちのひとりか？　ベッチデ人三人は《ヴァッコム》の航続距離について、かなり正確に……すくなくとも、理論的な最大値を知っている。五百光年以上はなれた目的地にコースを変えることはあるまい。

それ以外にだれがいるのか？

腑におちない思いに浸りながら、ダボヌツァーはポジトロニクス・セクターにもどっていった。

＊

ダボヌツァーは秘密を解明しようとして、心ここにあらずの状態だった。十五分間、特殊コンピュータの前にすわっていても、まったく手がつかなかった。できるだけ時間稼ぎをしようと思ったからではなく、考えこんでいたのだ。自分の疑念が正しいとして、もしその未知者が《ヴァッコム》を出発させるのはだれでもいいと思っているなら、まだ艇内にいるにちがいない。どこかにひそみ、オートパイロットに指示した目的地に《ヴァッコム》が接近するのを待っているのだ。

《ヴァッコム》の艇内にかくれ場はあるだろうか？　利用できる空間はかぎられている。左右の側面にエアロックがひとつずつ。あとはキャビンと、エアロックからキャビンにつづく通廊。それにくわえて、艇尾には空室がいくつかあり、物資を格納したり、緊急の怪我人を収容したりすることができる。人目についてはならない秘密の乗客にとってチャンスはさほど多くないが、それ以外にも、多くの空調シャフトや、ケーブルがはしる管路、艇の下部にある装置類の隙間もある。非常に敏捷で、平均より小柄な者なら、身をかくす可能性はある。

ダボヌツァーは徹底捜索すべきかどうか自問した。保安規則によれば、そうすることがもとめられる。おまけに、まちがいなく《ヴァッコム》の最後となるはずの航行まで、さらに数時間をつぶせる可能性がある。そう、捜索すべきだ。それ以外に選択肢がないことを、ベッチデ人たちにはっきり伝える必要があった。だが、捜索にとりかかる前に、コースデータと目的地データを入力しなおさなければならない。もし本当に未知の乗客が艇内にいるとしたら、突然《ヴァッコム》をふたたび動かすことに、成功する結果になるわけだが、この場合でも、未知者のめざす到達不能の座標に向かうのでなく、フェロイ星系の方角を確実にめざすようにする必要があった。

ダボヌツァーが事前にコース・コンピュータから呼びだしておいたデータは、いまもちいさなスクリーンに光っていた。それらをグループに分ける。順番にオートパイロットの記憶バンクに送るためだ。この瞬間、背後で声がした。

「コース変更を禁止する、クラン人」

ダボヌツァーは作業の途中で凍りついた。驚きのあまり、一瞬、筋肉が思いどおりに動かなかった。そのあとかれは、ゆっくりと振り向いた。

反重力シャフトの壁がポジトロニクス・セクターのアーチ状の出入口を構成しているところに、一メートル半にも満たない小柄な者が、かさばって見える防護服姿で立っていた。ヘルメットは開けている。ダボヌツァーに見えたのは、禿《は》げた頭蓋と大きな目とはっきりと前につきでた口だった。

ダボヌツァーはずっと、このことを予想していたように感じた。かれはたしかにアイチャルタン人の搭載艇を爆破した。統計からいくと、乗員が生きのびることはできないはずだった。だが、明らかに生きのこりに成功した者がひとりいたのだ。

「だれだ？」ダボヌツァーは訊いた。

アイチャルタン人は頭蓋のつけねを襟のようにとりまいている環状器官に、こぶし大のクラゲ形物体をつけていた。それが光り、脈動しはじめた。ダボヌツァーに言葉が聞こえた。

「わたしは3＝マルリ。巨船《従順の力》の乗員だ」

＊

入力データはスクリーンに表示されていた。キイを押しさえすれば、オートパイロットの記憶バンクに送られる。ダボヌツァーは一瞬、ためらったのち、キイボードにおろしかけていた手をひっこめた。

「どうやって、わたしを妨害するつもりだ？」かれは訊いた。

「そのときになれば、わかる」アイチャルタン人は答えた。「おまえはわたしの搭載艇を破壊した。この状況から逃げ道を見つけだすことで、借りを返してもらう」

ダボヌツァーは、この予想もしなかった奇妙な対決において、自分のチャンスをどうやって見つけだすかを必死で考えた。侵入者に対処する武器は所持していない。だが、それにどんな意味があるのだ？　クラン艦隊はアイチャルタン人と接近戦をしたことがなかった。宙賊がどのように攻撃し、防御するのか、だれも知らないのだ。自分はいま、せまい仕事場をとりまく機器類によって、ある程度は防御されている。かといって、武器を持っていれば、自分の運命にそれほど不安をいだかなかっただろうか？

「きみの目的地はどこだ？」かれは訊いた。

「アイチャルタンの戦士は、この銀河に多くの集合ポイントを持っている」3＝マルリはクラゲ形トランスレーターの助けを借りて説明した。「敗残兵はこの集合ポイントを探しだし、そこへ迎えにきてもらう。わたしの目的地はもよりの集合ポイントだ」

「きみはすばらしい仕事をしたな」ダボヌツァーは賞讃するようにいった。「われわれの機械操作に関する広範囲の経験を持っている。きみのようにこの搭載艇を巧みにあつかうことのできる宙賊がいようとは、思いもよらなかった」

「われわれは、クラン人と遭遇するたびに学びとってきた」3＝マルリは答えた。「クラン人の技術を見ぬくのはたやすいことだ。わたしがなしとげた最大の仕事は、搭載艇の操作ではない。爆破された艇から生きのびることのほうが、はるかにむずかしかった。おまえや、おまえの仲間なら、確実に死ぬところだ。ただ教えを信じる力のおかげで、わたしは一命をとりとめた。さらに、わたしがなしとげた二番めの仕事は、コースデータを改竄するよりもっと重要なことだった。新入り三人は、しだいに狂気に見舞われている。かれらが完全に精神錯乱におちいってしまったら、もはや、わたしのチャンスはない。おまえがこの艇を単独支配するかもしれないし、おまえの第一の関心事は、この艇がけっして使われないようにすることだ。なぜなら、おまえの計画は、救援艦隊が到着するまで《サントンマール》の残骸のなかで待つことだから」

「なにもかも聞いていたのか？」ダボヌツァーは思わず洩らした。

「艇内にはいくらでもかくれ場がある」3＝マルリはいった。「とくに小柄な者にとっては。しかも、われわれの耳は敏感なのだ」

自身の聴覚ではなくトランスレーターのことをほのめかしているのは明らかだった。ダボヌツァーはいまだに逃げ道を探していた。シャフトが短いので、ベッチデ人三人はこの会話を聞くことができたかもしれない。もしできたのなら……助けにきてくれるのではないだろうか？

「わたしは、おまえの部下三人が、あまり急速に精神錯乱におちいらないようにする必要があった」アイチャルタン人はつづけた。「わたしはかれらの理性を支え、狂気にたちむかう力をあたえた。錯乱の進行をとめることはできないが、遅らせることは可能だった。かれらがおまえに抵抗し、自分たちの意志を貫くことができるように助けたのだ。

かれらが意志を持つことによってのみ、わたしは救われるから」

ダボヌツァーはこの言葉に強い印象をうけた。アイチャルタン人が並はずれた能力を持つことが明らかになったからだ。しかし、そのあと、うわの空になった。目が、通廊の反対側のシャフトの床に落ちた影をとらえたのだ。アイチャルタン人がうしろを振り向かないように、注意をひきつけておく必要があった。

「きみが敵でなかったら、同情するところだ」と、いう。

「どうしてだ？」

「きみの計画は最初から実現不可能なものだった。きみのめざす集合ポイントは五百光年以上はなれた場所にある。この搭載艇はせいぜい四百光年の航続距離しかないのだ」

アイチャルタン人の目に驚きの光が浮かんだ。そこに鋭いビームの音が響きわたる。大きいうなりとともに、炎の壁が宙賊をとりまいた。

15

サーフォ・マラガンは話し声を聞いて、シャフトの縁まで這っていった。ポジトロニクス・セクターに通じる通廊の向こうに背の低い人影が見えた。無意識のうちに反応し、ブラスターをかまえる。未知者が一歩うしろにしりぞき、射程内にはいったとき、引き金をひいた。

次の瞬間、マラガンは跳びだした。煙がシャフトと隣接した通廊に充満していた。かれは未知者の動かぬからだにかがみこみ、ぎょっとして身をひいた。3＝マルリの大きい目が見つめていたのだ。瞳孔《どうこう》の奥がグリーンに光っていた。アイチャルタン人の頸のクラゲが力なく、だらりと垂れた。

「わたしを殺す必要などなかったのに」3＝マルリは小声でいった。「どのみち、わたしにはもう希望はない」

ダボヌツァーがマラガンに歩みよった。

「助けてくれて、感謝する」

マラガンは苦々しげに第二艦長を見あげた。

「3＝マルリだと知っていたら、引き金をひかなかった」そういうと、アイチャルタン人をじっと見て、「かれは搭載艇もろとも滅ぼされたと思っていたが？」

「生きのびたらしい」ダボヌツァーは説明した。「この搭載艇に忍びこみ、われわれのコースを変えたのだ」

ダボヌツァーは手みじかに説明した。ある部分は自分の考えを、ほかの部分は3＝マルリから聞いたことを伝えた。いまや、ためらう必要がなくなったので、《ヴァッコム》が第八艦隊ネストではなくフェロイ星系にコースをとっていることも話した。すでにデータを転送しておいたのだ。

マラガンはいまなお、アイチャルタン人のかたわらにしゃがみこんでいた。

「助けてやる」マラガンは3＝マルリに向かっていった。「目的地につくまであと一時間ほどだ。なんとかして……」

「もう助けはいらない」3＝マルリは弱々しくいった。「命が消えていくのがわかるのだ。だれもそれをとめることはできない……」

マラガンは肩を強くつかれて横に跳び、通廊の枠にはげしくぶつかった。ブラスターをひったくられ、手首に鋭い痛みがはしる。一瞬、軽い目眩を感じ、周囲が霧のなかにあるように見えた。

「それ以上の気づかいは無用だ！」ダボヌツァーの硬い声が聞こえた。「これ以後、この場の指揮をとるのは、わたしだ。当然のことながら」

マラガンはゆっくりと身を起こした。ひりひりするような怒りがこみあげてくる。不注意だった。打ち負かすチャンスをダボヌツァーにあたえてしまった。ブラスターの銃口が揺らめいている。ダボヌツァーは二歩、後退した。

そのとき、アイチャルタン人がまったく思いもよらない行動に出た。まばゆく青い閃光がひらめく。3＝マルリのからだから、じかに発したものらしい。ダボヌツァーは叫び声をあげた。両手を振りあげ、よろめきながらあとずさると、くずおれた。マラガンは恐怖のあまり硬直していた。

「そこでなにがあった？」シャフトを通して、声が鋭く響いてきた。

マラガンは無意識のうちに、倒れたダボヌツァーに近よった。ひと目見て、死んでいるとわかった。うしろでアイチャルタン人がいった。

「おまえの仲間を、ここに呼べ」

＊

「ほかに選択肢はなかった」3＝マルリの声は急速に力を失っていた。メッセージを最後まで伝えないうちに死に襲われるのを恐れるかのように、せかせかと言葉を押しだす。

「知性体を抹殺することは、教えによって禁じられている。だが、このクラン人は死ぬしかなかった。なぜなら、この搭載艇内で起きたことは、だれにも知られてはならないからだ」

3＝マルリは短い間をおき、力をためた。

「よく聞け」ようやく、あとをつづけた。頭蓋のつけねにつけた有機性トランスレータが鋭い光をはなち、かれの言葉の緊急性を強調していた。「この搭載艇を出発させるのだ。コースデータは用意されている。おまえたちの行き先はフェロイ星系クラトカンにあるクラン艦隊の基地だ。運がよければ、そこに到着し、狂気から解放されるだろう。だが、まず重要なのは、クラン人たちにわたしの存在を知られてはならないということ。アイチャルタンの戦士の運命は、敵方にできるだけこちらを知られないことにかかっている。

わたしが話す言葉には後ヒュプノ作用がある。わたしがいなくなれば、おまえたちは完全な精神錯乱状態におちいるだろうが、わが依頼を実行にうつすならば、そうはならない。わたしのいったことは、かならずおまえたちの脳に刻みつけられる。

おまえたちはわたしの艇で船の残骸にもどったとき、第二艦長ダボヌツァーに出会った。かれはアイチャルタン人との戦いで負傷した。その死体を見れば、負傷していたことがすぐにわかる。かれはこの搭載艇でクラトカンにある基地に向かうと説明していた。

おまえたちの狂気がとりかえしのつかない状態になる前に、ふたたび共生体を頭皮下に埋めこむには、それしか道はないと考えたのだ。この搭載艇内にアイチャルタン人がいたことは、なかったものとする。出発前にわたしをエアロックに連れていき、宇宙空間へと送りだしてくれ。そのあと、わたしについての記憶は消えさる。おまえたちは、船の残骸に連れもどした者の名前すら忘れるのだ」

アイチャルタン人の言葉を聞いて、マラガンの心は沈んだ。3＝マルリは目を閉じ、身動きせず横たわっていた。マラガンは身を起こし、仲間に向かってうなずきかけた。かれはアイチャルタン人の痩《や》せたからだを抱きおこし、エアロックに運んでいった。ブレザー・ファドンは異人の禿頭にヘルメットをかぶせた。

そのあと、マラガンとファドンはキャビンにもどった。マラガンは操縦コンソールの前にすわり、《ヴァッコム》を発進させた。無意識のうちに動いていた。自分のしていることが、わからなかった。《ヴァッコム》が必要な速度に達すると、時間軌道に移行するための一連の自動制御の準備にとりかかった。そのあと、シートのひとつに身を沈め、襲ってきた疲労に身をまかせた。

思考は混乱していた。過ぎさった数時間に起きた出来ごとを考えようとしても、不明確で漠然としていた。もはや現実と想像を区別することができなくなっている。実際に起きたことと空想とのあいだには、もはや境い目がなくなっていた。

3＝マルリ。3＝マルリとは何者なのか？　実在していたのか、それとも自分の想像の産物なのか？　マラガンにはわからなかった。かれは振り向いてスカウティとファドンを見た。ふたりは目を閉じて眠っていた。

疲労がかれを圧倒した。

《ヴァッコム》が時間軌道に潜入する前に、サーフォ・マラガンは深層睡眠状態におちいった。

＊

「クラトカン第四偵察機より監視官へ。3＝3＝8の方角より未知物体が出現した。たったいま通常空間において物質化。呼びかけたが、応答なし。そちらの指示を待つ」

フェロイ星系の周辺をパトロール中の偵察機《スルナミ》のハイパーカムが音をたてた。第一機長の目は探知スクリーンに向いたままだ。未知物体は急速に接近してくる光点となって見えていた。

「監視官よりクラトカン第四偵察機へ」ロボット音声の応答があった。「未知物体は危険だと判断された。爆破せよ」

第一機長ランキヴァルの指がなめらかにキイボードの上をはしった。迎撃コースが準備された。

「クラトカン第四偵察機、迎撃コースをとる」ランキヴァルはいった。「予備隊の配備を要請する」

「予備隊は飛行中。0＝300に到着の予定」

《スルナミ》は突然、それまでのコースからはなれ、エンジンを全開にして、大きく弧を描きながら灼熱の恒星フェロイへと疾駆していった。未知物体は慣性飛行していた。目に見えるエンジンの動きはなく、ひたすら恒星近傍の一点をめざしている。巨星の重力が影響をおよぼし、未知物体のコースは曲がりはじめた。

ランキヴァルは探知スクリーンに、さらなるリフレックスを五つ確認して満足した。予備隊の機がこちらに向かってくる。クラトカンの周回軌道から出て、未知物体にたいしてななめに向かっていくところだ。ランキヴァルは機長たちに連絡をとり、未知飛行物体の正体についての推測を交換しあった。フェロイ星系はクランドホル公国の前哨基地だ。ジュウマルク宙域のはるか向こう、銀河の計りしれない深淵に、どれほど多くの異種族がいるのか、だれも正確なところはわからない。だが、この未知物体はそれとは無関係で、アイチャルタンの宙賊のゾンデまたは爆弾ではないかとの意見が優勢になりつつあった。

十二分後、《スルナミ》は有効射程内まで未知物体に接近した。ランキヴァルは最後にもう一度、未知者への通報を試みたが、応答はなかった。かれは砲撃命令をくだそうとした。

そのとき、《ヴィルットム》から緊急通信がはいった。《スルナミ》を援護するために送りこまれた予備隊五機のうちの一機だ。探知に特化された偵察機であり、超高感度の測定・探知機器をそなえている。《ヴィルットム》の第一機長は興奮をかくしきれずに、ランキヴァルに報告した。

「砲撃は中止だ！」と、せきこんでいう。「この走査映像を見てくれ！」

スクリーンにあらわれたのは、クラン艦隊の搭載艇の輪郭だった。ランキヴァルの反応は速かった。自動制御の火器管制スタンドを無効化し、数分後には搭載艇の側面につけるように《スルナミ》のコースを変更した。二十キロメートル未満の距離から確認すると、《ヴィルットム》の遠距離探知が思い違いでないことがわかった。

《スルナミ》はエンジンなしで慣性飛行している搭載艇を拘束フィールドでとらえた。急制動により、両方の乗り物は恒星フェロイにたいして相対的に静止。ランキヴァルは突入コマンドを編成し、搭載艇の内部へうつって徹底的に調べるよう命令した。アイチャルタン人がクラン艦隊の乗り物を拿捕《だほ》し、爆弾につくりかえたことも、考えられないわけではなかったから。

そのすこしあとでうけた報告によって疑いは晴れたものの、ランキヴァルはかなりの混乱状態におちいった。《ヴァッコム》という名のその搭載艇は無害だったが、艇内の状態は、どうにも解釈しようがなかったのだ。

重苦しい心をいだきながら、監視官に最終報告を送る。

「クラトカン第四偵察機は未知物体を確保した。クラン艦隊の搭載艇で固有名《ヴァッコム》、母艦は《サントンマール》だ。艇内には一クラン人の遺体のほか、正体不明の三名。その未知者三名はクラン艦隊の防護服を着用した新入りで、スプーディ保持者だったが、頭皮の傷あとから見て、スプーディは脱落して死んだものと考えられる。深層睡眠状態にあるため、話しかけることはできない。指示を仰ぎたい」

この問題は、監視官の独断では解決することができなかった。回答がよせられるまで、かなりの時間がかかった。監視官は上層部に助言をもとめたのだった。

「監視官からクラトカン第四偵察機へ。《ヴァッコム》の名を有する搭載艇を、すみやかにクラトカン第二宇宙港に着陸させよ」

「了解」ランキヴァルは答え、準備にとりかかった。《スルナミ》は確保した搭載艇とともにクラトカンへコースをとった。

惑星クラトカンの罠

クラーク・ダールトン

登場人物

サーフォ・マラガン
ブレザー・ファドン　}……ベッチデ人のもと狩人
スカウティ

チェルタイトリン……………クラン人。クランドホル公国クラトカン基地の指揮官

ドランピエル…………………クラン人。チェルタイトリンの代行

ロルドス
ガロスト　}……………………ターツ。チェルタイトリンの部下

1

指揮官チェルタイトリンは物音を聞いて目をさましたが、身じろぎもせずベッドに横たわっていた。

右手をわずかに動かして、枕の下に忍ばせたブラスターの銃把《じゅうは》に触れた。闖入者《ちんにゅうしゃ》が、眠っている相手ならあっさりかたづけられると思ったとしたら、それは大間違い……致命的な間違いだ。

かすかな音もたてず、かれは小型銃の安全装置をはずして待った。寝室は真っ暗で、いくら目のいいクラン人でも光がなければなにも見えず、聴覚がたよりだった。

そら……また音がした！　居間に通じる半開きのドアのほうから聞こえてくる。居間のもうひとつのドアは通廊に通じており、そこを通ってクラトカン基地にいる将校たちの居室に行くことができた。

チェルタイトリンは左手で照明スイッチを探りながら、右手で音の聞こえた方向に銃身を向けた。

突然、照明がまたたきながらともった。

ベッドから二メートルはなれたところに何者かがうずくまっていた。テラナーなら、思わずリスを想起することだろう。クラン人はそれを〝ツウィッツェル〟と呼んでいる。無害な動物だが好奇心旺盛で、自分にとって役だちそうに思えるものはなんでも盗み、そのままどこかに放置しておくのだ。

ツウィッツェルは驚いたらしく、硬直したようになっていた。チェルタイトリンはほっと息をつき、銃に安全装置をかけた。居間の窓を閉めていなかったことに気づいた。窓は庭から十メートルの高さにあるが、近くの木の枝とはそれほどはなれていない。

「おまえのおかげで目がさめた」と、クラン人はいったが、ツウィッツェルはクランドホル語を理解できない。居間をひと跳びすると、開いた窓から木に跳びうつった。

チェルタイトリンはそのまま照明をつけておいた。ふたたび寝いるまで、まだしばらくはかかりそうだ。秘密の計画について考えることが気分転換になるだろう。計画はおよそ気の休まるようなものではなかったが。

自分は本来なら、研究者として満ちたりた生活を送っているはずだった。だが、星間帝国の辺縁部がアイチャルタンの宙賊と、カニムール人およびツァルデリリオン人の両種族から攻撃されて安全を脅かされたとき、公爵たちに召集されたのだ。類《たぐ》いまれな能力を持つチェルタイトリンを、艦隊は結局はなさなかった。かれは自分の意志に反して、より大きい艦隊の司令官となり、ついには辺境惑星クラトカン基地の指揮官になったのである。

クラトカンはジュウマルク宙域にある黄色巨星フェロイの、十二惑星のうち第四惑星にあたる。テラの二倍の大きさがあるが、重力はややちいさい。そのせいで、自然界では不思議な磁性現象が起きる。

基地は修理工廠《こうしょう》、格納庫、物資倉庫をそなえており、ダロク低地と呼ばれるひろい窪地に位置していた。そこの肥沃さは、惑星の広大な砂漠や草木の生えない山脈と、みごとなコントラストをなしていた。

チェルタイトリンはすでにかなりの年齢に達している。それでも、艦隊での任務を解かれることはないとわかっていた。もし、おちついた考え深い性格でなかったら、とっくに逃げだしていただろう。だが、脱走の意志はある。秘密の計画を実行にうつすのに、これ以上長くは待てないこともわかっていた。

チェルタイトリンは照明を消し、暗闇をじっと見つめた。自分ひとりで、あるいは二、三隻の艦とともに逃げたとして、いったいどこへ行けばいいのか？　敵は公国を包囲しており、クラン人を見つけしだい容赦しないだろう。この前線を突破しなければならない。星間帝国の外に出られないかぎり、安全ではないからだ。

＊

クラン人が宇宙航行種族となったのは、かれらの時間計算でわずか千二百五十年前のこと。それでも、すでに強大な星間帝国を建設していた。すなわち〝クランドホル公国〟だ。支配者である三人の公爵に助言をあたえる謎の人物は〝クランドホルの賢人〟と呼ばれていたが、それ以上のことはだれも知らなかった。

クラン人はヒューマノイドというより、狼とライオンをあわせたような外見だ。知性と人類に似た気質を持ち、誇り高く、ひたむきに努力する。

この朝、目ざめたとき、チェルタイトリンはいたって気分がよく、自信に満ちていた。たっぷりとした朝食をとったあと、新しいニュースを知りたくて情報センターまで出かけていった。

かれが予想もしていなかった、思いがけないことが起きていた。

三人の異人が《ヴァッコム》という搭載艇でクラトカンについたのだ。艇が接近してきたさい、もうすこしで砲火を浴びせるところだったという。身元確認できなかったからだが、それも不思議ではない。到着時、三人の乗客は意識不明の状態だったのだ。かれらは病院に運びこまれた。

「異人だと……？」チェルタイトリンはとほうにくれて、「どの種族の者たちだ？」

情報官は身振りで、知らないとしめした。

「われわれの知らない種族の者です。公爵の助言者に関する噂を聞いたことがありますが、この者たちと類似したところがあるとか。二本足で歩行し、二本の腕を持っています。たったいま、とどいた報告によると、かれらはクランドホル語、つまり、われわれの言語を話します。どうやら、意識をとりもどしたようです」

もちろんチェルタイトリンも、誇り高い公爵たちから助言者としてうけいれられた二本足生物のことは、噂で聞いたことがあった。もし、同じく助言者である三人がクラトカンにあらわれたのだとしたら、それなりのたしかな理由があるからだろう。

公爵たちがなにか疑いを持って、かれらをこちらに送ってよこしたのか？　指揮官である自分をスパイさせるつもりなのか？

チェルタイトリンはどのような疑念もいだかせないように、とくに慎重に行動しようと決心した。この件をまったく無視すれば、それはそれで奇異な感じをあたえてしまうだろう。

「病院からの報告を待とう」と、情報官にいった。「きたら、すぐに連絡してくれ。わたしは執務室にいる」

執務室のドアを閉め、だれからも見られていないことをたしかめると、自制心がつきた。デスクの奥のシートに身を沈め、湧きあがってくるパニックをおさえようとする。もし公爵たちが自分のひそかな計画を本当に知っているのだとしたら、処罰を覚悟しなければならない。

チェルタイトリンはしだいに冷静さをとりもどしていった。疑念をいだかせるような証拠はなにもない。たしかに、艦隊の艦長たち数人に自分の考えを述べ、本音をひきだそうとしたことはある。だが、そのせいで拘束されるほどのものではなかった。それとも、あれだけでも、多少の疑念をいだかせるのに充分だったのだろうか。

いずれにせよ、用心して行動しなければならない。

情報センターから連絡があった。

ヴィジフォンのスイッチをいれる。画面が明るくなると、病院の手術室がうつった。異人三人がベッドに横たわり、目を閉じている。

ひとりの医師の顔が見えた。

「かれらはもうスプーディを保持していませんでした」医師がいった。「かれらが意識不明だったあいだに、あらたなスプーディを埋めこみました。指揮官、あなたの同意が得られたものと考えまして」

「了解した。かれらはいつ証言できるのか？　なにが起きたのか調べなければならないのだ」

「三人がまた元気をとりもどしたら、あなたのところに行かせます」

「歓迎すべき客人としてあつかうのだぞ」チェルタイトリンは忠告をあたえ、スイッチを切った。

歓迎すべき客人というより、生卵のように慎重にあつかわなければ。かれらにたいして……目だたぬよう自然に……自分たちが公国に忠誠であることを信じさせなければならない。それから……

チェルタイトリンはあらためて考えこんだ。たとえ疑念を晴らすことができたとしても、異人三人をふたたび出発させるのは危険ではないだろうか？　あっさり排除してしまったほうがいいのではないか？

そうだ。事故ということにして……

チェルタイトリンはこの考えに自分でもぎょっとした。だが、じっくり考えれば考えるほど、それが意にかなってきた。

＊

サーフォ・マラガンはしだいに意識をとりもどした。

かれはしずかに横たわったまま、用心深く目を開けた。すばやい一瞥《いちべつ》で、自分がもはや小型艇《ヴァッコム》ではなく、不毛な感じのする病室にいることを確認した。ほかのベッドふたつには仲間のブレザー・ファドンと若い女性スカウティが横たわっている。まだ意識不明か、それとも、ただ眠っているのか。

ほかにはだれもいなかったので、手で頭を触ってみた。ふたたび共生体スプーディが埋めこまれていたことに、ほっとした。

《ヴァッコム》が基地惑星クラトカンに向かっていたことを思いだした。そのほかのことは、もうおぼえていない。ファドンとスカウティとともに艇から出されたことも、病院に運びこまれたことも、ここで新しい共生体を埋めこまれたことも知らなかった。

それでも、マラガンはなにが起きたのか、おおよそのことは感じとっていた。

スカウティが動きはじめ、目を開けた。マラガンの視線に出会って安堵の色を浮かべ、「もう宇宙船のなかじゃないのね？」と、ささやいた。

「どうやらクラトカンにいるようだ、スカウティ。われわれ、またクラン人のもとにいる。気分はどうだ？」

彼女は髪に手をやり、傷あとを探った。

「またスプーディがいるわ」彼女は確認した。「わたしは気分上々よ、サーフォ」

「ブレザーも目をさますだろう」マラガンはいった。

ブレザー・ファドンは半睡眠状態にありながらも、例のごとく興奮していた。まるで毒グモに刺されたみたいに跳びあがり、混乱してあたりを見まわす。スカウティとマラガンを見つけると、目を大きく見ひらいた。

「ここはどこなんだ？　どうやってこのベッドまできたんだ？」

「しずかにしていろ」マラガンは警告を発した。「クラトカン基地のクラン人たちが、われわれをここに運びこんだのだと思う。それぱかりか、新しい共生体も埋めこんでくれた。好意の印だと見るべきだろう。スプーディなしでは、じつに気分が悪かった」

「たしかにそうだ。わたしはまた頭がよくなったような気がする」ファドンは低い声で、いくぶん皮肉っぽくいった。「このあとなにが起きるのだろう？」

「たぶん、われわれがどこからきたのかとか、そういったことを質問されるだろう。あっさり真実を話すことだ。かくすべきことはなにもないのだから」

戸口で信号が光り、ドアが開いた。

制服姿のクラン人はどうやら、病院のスタッフではなさそうだ。近づいてくると、礼儀正しく容体についてたずね、三人をクラトカン基地の歓迎すべき客人と呼んだ。指揮官チェルタイトリンにも、まもなく会えるという。

マラガンがいつものように、三人を代表して話した。

「おかげで元気になりました。手厚い看護に感謝します。われわれがクラトカンに接近したことで誤解が生じたと思います。すくなくとも、いくつかのことが、それをしめしているようです。なにもかも説明します」

「ダボヌツァーはなぜ死んだのか？　われわれ、かれの死亡を確認した」

「われわれを罠にかけた宙賊と戦い、負傷したのです。ダボヌツァーは死んだのですね？　かれはその前にわれわれを深層睡眠状態においたのでしょう。妨害されずにここに到着するようにと」

「そういうことなのだろう」クラン人はもうひとつ納得していないようにいった。「いつ、起きられそうか？」

「医師から許可がおりしだい！」ファドンがもどかしげにいった。「もうまもなくだと思います」

「では、きょうにでも」クラン人は約束すると、病室を出ていった。

マラガンは頭のうしろで腕を組んだ。

「こんどは、そのチェルタイトリンとかいう男に、はやく会ってみたい」かれは小声でいった。「われわれからなにかを得たがっているのは、まちがいなさそうだ」

＊

医師から、起きて動きまわることを許されたとき、ベッチデ人三人はまだすこし足がふらついていたが、それも二、三時間のことだった。クラトカンの自転周期は三十二時間なので、かれらが指揮官の待つ司令本部の建物に連れていかれたときは、まだ昼間だった。

チェルタイトリンは基地のほかの将校たちがこの〝尋問〟に同席するのを、避けるわけにはいかなかった。できれば、異人三人とさしむかいで話したかったのだが。

かれは席につくよう三人にすすめ、かれらを注意深く観察した。三人は聞いたとおりの外見をしていた。

マラガンは自分たちがクラトカンにくることになった経緯を、冷静かつ事実に即して説明した。質問をさしはさまれることは、ほとんどなかった。話しおえたあと、自分の話を百パーセント信じてもらえたかどうかは、わからなかったが。

チェルタイトリンはかれをじろじろと見つめて、突然、訊いた。

「われわれの故郷惑星クランは気にいったかな？」

マラガンは驚きを押しかくした。

「わたしはクランのことなどひと言も話せません、指揮官。その理由はかんたんです。われわれ、まだ一度もいったことがないので」

二、三の締めくくりの言葉とともに、指揮官は公的な話を終えた。だが、まだとどまっているようにと三人にすすめる。最後の将校がドアを閉めると、指揮官はさっきよりも親しげな態度で〝客人たち〟のほうを向いた。

「将校たちが不信感を見せたことは許してほしい。わたし自身はそうではなく、諸君をクラトカンへの客として歓迎する。おそらく、諸君はなにか秘密のミッションがあって航行中のため、守秘義務があるのだろう。だが、心配は無用だ。諸君が公国に忠誠心をいだいているのを前提条件に、わたしは諸君を支援する。ここで自由に動きまわってもいいし、なにか望みがあればいってもらいたい。わが権限を逸脱しないかぎり、望みを叶えよう」

指揮官の話がどこまで誠実なのか、マラガンははかりかねた。さっきまでいたほかの将校たちが自分の話を信じた一方で、指揮官は不信感をいだいており、それを友好的な態度でかくそうとしているように思えた。

マラガンは慎重に答えた。

「公国に忠誠心をいだくのは自明のこと。でも、われわれがなんらかの任務を帯びてここにきたと思っておられるのなら、それは誤解です。クラトカンは避難先であり、われわれをここに誘導したダボヌツァーの案なのです。残念ながら、かれは死亡しましたが。傷があまりにも重くて」

「遺憾だ」チェルタイトリンはいった。「ダボヌツァーが死んだのは本当に惜しい。だが、遺憾なことはほかにもある。われわれと惑星クランのコンタクトが密でないことだ。公国の統合・拡張は、ただ指揮官たちの忠誠心によってのみ実現が可能になる。クランはわれわれを信頼していいのだが」

「それを否定する者はいないでしょう」マラガンはこのクラトカンの指揮官が公国への忠誠心を熱っぽく語ることに驚きながらも、断言した。「もちろん、われわれも！　さっきもいったように、われわれがここにきたのは偶然で、滞在も一時的です。クランの方向に向かう次の艦に乗りたいのですが。どこかほかのネストで降ろしてもらえるなら、そこから先の輸送手段は探すことにします」

「望みは叶えよう。いまのところ艦を出す予定はないが、準備がととのえば、クラトカンを去ってけっこうだ。それまでは、諸君を賓客としてあつかうことにしよう。見わたせば、この基地が公国の要求を充分に満たしているのがわかるはず。ダロク低地は豊かな動植物に恵まれた熱帯の楽園だ。宙賊やそのほかの種族からひどい攻撃をうけたこともない。公国の辺縁部に位置してはいるが、ここからさらに拡張していくだろう」

「たいへん感銘をうけました」マラガンは認めた。「われわれ、どこに滞在するのですか？　病院の一室……？」

「客用宿舎だ」チェルタイトリンはさえぎった。「私的案内人をつけよう。ターツのロルドスだ。かれなら忠実で信頼がおける」

ターツは地球でいう大トカゲに似ており、主として軍事領域をうけもつ補助種族だ。尻尾はなく、うしろ足を使ってぎごちなく動くが、緊急時にはきわめてすばやく行動し、すばらしい体力を意のままにできる。

「案内の役にたつでしょう。感謝します」マラガンはいったが、調査に出かけるさいは、ロルドスとやらからなるべくはなれて、自由に動きまわりたいと思った。

「このあと、諸君を乗り物で宿舎まで送らせよう」チェルタイトリンは最初の話しあいを締めくくった。

＊

宿舎は平野をふたつに分けて流れるヤンディリ川のほとりにあった。倉庫ホール、司令本部、居住地が敷地一面にひろがっていた。町全体がひとつにまとまった構造物で、その下を川が貫流しているのだ。

かれらが宿泊することになった三つの部屋は快適そのものだった。ロルドスはまだ姿を見せなかったが、三人は周辺を見物するために散歩に出かけた。

三人は人目をひきはしたが、それ以上の干渉はうけなかった。どうやら、チェルタイトリンが行動ルールを布告しておいたらしい。

「みんな、わたしたちを怪獣かなにかみたいに見つめているわ」ダムのそばを散歩しているとき、スカウティが不平をこぼした。

「きみの美しさに驚いているだけじゃないのか」ファドンはにやにや笑い、出会ったクラン人のややひかえめな挨拶に応えた。「きみを見つめない者なんていないぜ」

「せめてあなただけでも、やめたらどう、ブレザー。いらいらするわ」スカウティはかれをどなりつけた。

「やめろよ！」マラガンが不機嫌なうなり声をあげた。「われわれにはいま、べつの心配ごとがある。たとえば、あのチェルタイトリンだ」

「かれがどうしたの？」スカウティがいった。「とても友好的で、愛想がよかったじゃないの」

「まさにそこだ。友好的すぎるし、愛想がよすぎる。かれはわれわれからなにかを得たがっている。それがなんなのか、わたしは頭を悩ませているんだ」

「わたしも同じような印象をうけた」ファドンが同意した。「クランについてのほのめかしが気になった。まるで、クランからだれかがやってくると考えているみたいだった。まさか、われわれをそのだれかだと思っているんじゃないだろうな？」

「あるいは、そうかもしれん」

二時間後に宿舎にもどったときには、もう暗くなっていた。シムロルという名の衛星が、建造物で美観の損なわれた地平線上にあらわれた。恒星はまだ輝いている。

ロルドスはすでに三人を待っていた。

かれはターツのなかでもとくに頑丈な体つきをしており、全身、銀色の鱗《うろこ》でおおわれていた。

「わたしはロルドス。どんなことでもお手伝いするようにと指図されている」と、自己紹介し、「基地を見物したかね？　視察は満足のいく結果だっただろうか？」

ロルドスの視線を、マラガンはおちついてうけとめた。

「視察？」かれは驚いたように問いかえした。「散歩に出かけた。それだけだ」

「もちろんそうだろう」ロルドスはすぐに態度をやわらげた。「あす、もしよければ、技術施設を案内しよう。わたしもこの宿舎に泊まっている。もしなにか要望があれば、ヴィジフォンで呼んでくれ。各部屋にそなえつけられているから。さ、食事の準備ができているぞ」

三人はロルドスのあとから宿舎にはいっていった。

その後、かれらは……ロルドスぬきで……マラガンの部屋に集まった。

「ロルドスは信用できないわ」スカウティは盗み聞きを恐れるかのように、小声でいった。「かれはチェルタイトリンとまったく同じように、奇妙なふるまいをしている。どういう意味があるのか、知りたいものね」

「わたしが思うに」マラガンはゆっくりと、意味ありげにいった。「クラトカンの指揮官はなにかかくしたいことがあるのだ。だから、われわれが公国の指示をうけてやってきたのではないかと疑っている」

「そうだ。わたしもそういう印象を持った」ファドンが同意した。「だからこそ、きわめて慎重に友好的に、われわれに接しているのだ。ま、いい。そう思わせておこう。それがいちばんだ」

「さて、どうかな」マラガンはためらっていた。「かれにスパイだと思われているのが有利なのかどうかはわからない。われわれの疑念が正しいかどうかもわからない。あるいは間違っているかもしれない」

「間違いじゃないわよ」スカウティはいった。女性としての健全な不信感である。

「ようすを見ることにしよう」マラガンが締めくくった。「数時間眠れば、気分も爽快になる。あす、また会おう。それでいいかな?」

スカウティとファドンはうなずき、立ちあがった。

＊

ロルドスがあらわれ、三人に健康状態をたずねたとき、恒星はすでに昇っていた。肥満がちなファドンは内容豊富な朝食をほめちぎり、一日が長いので次の食事まで時間があくのではないかと心配したが、ロルドスはかれをなだめ、宿舎ばかりでなく町じゅういたるところで、いつでも食事ができるといった。

かれらはポジトロン操縦の車輛に乗って、基地を見物した。そこから宇宙港に出て、楽園のような公園を通って帰路についた。とくにスカウティは咲き乱れる花々に感嘆の声をあげた。ロルドスはさしたる感動もなく、そのことを認めた。

「どこもが、このようではない」かれはいった。「この地域は気候的に大変恵まれているし、危険な自然現象もめったに起きないが、惑星のほかの地域ではそのために生きのびることが不可能になっている。われわれの遠距離探知システムが衛星シムロルに設置されている理由のひとつはそこにあるのだ。衛星は安全だから」

「公国がもっとも外縁部の砦として、このような惑星を選んだことに驚かされる。この宙域には、きっとほかの星系もあるだろうに」と、マラガン。

「公爵たちの決定を批判することはできない」ロルドスは冷静に答えた。

それ以降は、ほとんどだれも話をしなかった。

ふたたび宿舎に帰りつき、ようやくロルドスが行ってしまうと、かれらはふたたび、マラガンの部屋に集まった。

「あのロルドスはぜんぜん気にいらないわ」スカウティがいいきった。「かれが何者なのか、わかる？　監視者よ！」

「わたしも同じ印象を持った」マラガンはいうと、窓の外に目をやった。町の明かりは昇りくる衛星シムロルの光よりもまだ明るかった。「かれは明らかに、われわれがクラン人たちと接触するのを妨げようとしている。指揮官からの指示があったからにちがいない。その背後になにがあるのか、わたしは頭を悩ませている」

「すくなくとも、もてなしはすばらしい」ファドンは低い声でぶつぶついった。

スカウティはかれを意味ありげな目で見た。

「きっと、そのうち、ほかの心配ごとができるわね」彼女は予想した。

三人はこの点では同意見だった。だが、どれほど考えても、その心配ごとの原因がなんなのかまでは、その後の日々にもわからなかった。基地にいるクラン人たちとの接触は増えたが、人々が自分たちにきわめてひかえめな態度をとることには驚いた。しだいにマラガンはがまんできなくなってきた。

「あす、チェルタイトリンと話すことにする。このすべての背後になにがあるのか、どうしても知りたい。だがその前にロルドスと、若鶏の羽根をむしりとらなければならない。つまり、話をつけるということ。かれは自分でいうより多くを知っているにちがいない」

「若鶏……！」ファドンはため息をつくと、舌なめずりした。

こんどはだれもかれに注意をはらわなかった。スカウティはいった。

「かれは沈黙を守るでしょうね。だって、完全に指揮官の支配下にあるのだから。あなたひとりで行ったらどう、サーフォ？」

マラガンはうなずいた。

「そのほうが、よさそうだな。ブレザー、ロルドスをここへ呼びだしてくれないか？」

ファドンはヴィジフォンを使って、ロルドスにすぐにきてくれるようにたのんだ。ロルドスはすぐにやってきた。驚いていたとしても、そうは見えなかった。ぎごちなく座についたときも、まったく無表情だった。

「なにか話があるとか？」

マラガンはまず、すこしたずねたいことがあるので次の日、指揮官に会いたいと表明した。ロルドスはチェルタイトリンと話しあいできるようにはからうと約束した。

そのあと、ロルドスとの会話は一般的なものになった。どの質問にも、ロルドスは辛抱強く答えた……ただひとつをのぞいて。

マラガンが無造作にこういったときだ。

「聞くところによると、公国にはときどき巨大な船があらわれるそうだな。けっして惑星に着陸することはないとか。また、その船の謎めいた乗員のことはだれも知らないという。人はそれを〝幽霊船〟と呼んでいるそうだ。それについて、なにか聞いたことはないか、ロルドス？」

ロルドスをきわめて注意深く観察していたスカウティは、その顔がわずかに痙攣《けいれん》するのをはじめて見た。だが、そのあとはもとどおり、石のように無表情になった。

「幽霊船？　そんな話は聞いたこともない」

ロルドスがこの謎めいた船について一度も聞いたことがないというのは、嘘だろうとマラガンは思った。あす、指揮官にたずねてみようとかれは決めた。おそらく指揮官の嘘のほうが見破りやすいだろう。

「残念だな」マラガンはただそういうにとどめた。

ロルドスはさらなる質問を待っていたが、それ以上なにもたずねられなかったので、チェルタイトリンとの話しあいを手配すると約束して、立ちさった。

「かれは臆面もなく嘘をついている」ファドンがいった。

「たぶん」マラガンはスカウティにうなずきかけた。「きみも気づいただろう。顔を見ればそれはわかる」

「この調子だと、まだ《ソル》が存在してるのかどうか、探りだすことはできないわ」

「まず、ここをはなれることが先決だ、スカウティ。そのためにも、指揮官と話しあいをする。わたしにたいして、ここからほかの基地や艦隊ネストに向かう艦がまったくないと信じさせようとしても、そうはいくもんか。ここ数日、数隻が出発していった。そのつどロルドスが、目的地は衛星シムロルだと断言したが、その言葉はひと言も信用できない」

＊

スカルナグ砂漠にあるステーションは、最初の瞬間から危険にさらされていた。信じられないほどきびしい自然環境条件のせいだけではなかった。この場所が選ばれたのは間違いだったと考えられるが、チェルタイトリンの決めたことには、科学者たちをふくめて、だれも逆らうことができなかった。

　ほとんどひっきりなしに吹きつける風により、命の危険をもたらす食肉植物カーセルローテンが、バリケードをこえて運ばれてくる。そればかりか、長さ五十メートルにもなる白ミミズがいるのだ。この生物は獲物に巻きついて窒息死させる。

　半知性体のシュリテンはクモに似た原住生物で、数百匹にもおよぶ群れで攻撃をしかけてくることもあるが、ある程度は防御可能だ。砂漠の外縁部に砂の城をつくって住んでおり、網にかかるわずかなものから栄養を摂取している。シュリテンは群れをつくることによって攻撃を予告し、敵にたいして警告を発する。

　この砂漠ステーションに駐留する調査隊はクラン人十人とターツ五体からなり、それぞれが特別の責務をになっている。第一にすべきことは、地質現象の調査だった。

　もっとも危険なのは、風ギンチャクだろう。信じられないほど軽い植物で、砂漠上をすいすいと飛び、細いが並はずれて強い根で獲物を探りあてる。漏斗《ろうと》形《がた》の花弁はほとんど透明なため、非常に見つけにくく、最終的に見つけたときにはもう手遅れであることが多い。この漏斗がほとんどすべての生物にかぶさり、生物が防御を考える前に閉じてしまうのだ。

だが、そのあと風ギンチャクはしばらくのあいだ飛ぶことができなくなり、無防備となる。そうしたら、命をおびやかすこの植物を無害にすることはできるが、捕らわれた生物にとっては、しばしば手遅れになるのだった。

その日、砂漠ステーションのクラン人三人は近くの〝砂間欠泉〟を調査する予定だったが、目的地に近づくことすらできなかった。ステーションから見わたせる場所で、もう最初の襲撃をうけたのだ。風ギンチャクが二体、漂いつつ近づいてきた。だが、早めに見つけたのはさいわいだった。クラン人三人の防御攻撃によって花は枯死した。

転がってきたカーセルローテンによる第二の襲撃は、もっと深刻だった。鋼のように硬い棘《とげ》を持つこの植物は、四方八方から攻めよせてきた。クラン人たちは不気味な敵に向かって発砲したが、犠牲者が出るのを防ぐことはできなかった。

生きのびた唯一のクラン人はブラスターを投げすて、命からがら逃げだした。カーセルローテンはゆっくりと確実に追い迫ってきたが、死への恐怖が、これまでの人生で体験したこともない力をクラン人にあたえた。ようやくステーションを目前にしたとき、追っ手のカーセルローテンは結局、追跡をあきらめた。

調査隊の隊長はこれをヤンディリ市に通信連絡した。チェルタイトリンみずから受信を確認し、調査はどんなことがあっても中止するなと命じた。さらなる損失が生じた場合には人員を増強すると、かれは約束した。

元気づけられる知らせではない。とりわけターッたちは不満をあらわにした。だが、ステーションを支配しているのはクラン人だ。ターッたちはしたがうしかなかった。つづく数日間は、だれもステーションをはなれなかった。だが、すわりこんで待っているわけにいかないことは全員が知っていた。任務は明白だ。仕事を続行すること。

そのとき、説明のつかない奇妙なことが起きた。

まず、通信設備が故障した。責任者である技師はどの機器にも破損個所を見つけられず、まったく問題はないように見えた。

「外部からの妨害にちがいありません」通信技師は断言した。「何者かがわれわれの通信を遮断したのです。技術について知識のあるだれかが。だから、原住生物のシュリテンは問題外です」

調査隊の隊長はそれに同意して、いった。

「ひょっとして、またカニムール人が一枚嚙んでいるのではあるまいか？　かれらがここで行動に出るのはこれがはじめてではない。あからさまな攻撃をしかけてきたことはまだ一度もないが、ひそかにクラトカンに着陸し、よからぬことをくわだてている可能性は充分にある。かれらはわれわれを本部から孤立させようとしているように見える」

次に、隊長の推測を裏書きするような第二の出来ごとが起きた。探知装置が、上空に金属製の物体を確認したのだ。宿営地の上を縦横に飛びまわっているとのこと。宇宙船にしてはちいさすぎ、直接的な危険はないものの、不安にさせることはたしかだった。自動制御のスパイ機器か、それより悪質なものかもしれない。

司令本部およびチェルタイトリンとの通信はいまだに遮断されたままなので、隊長は独断で行動することに決めた。ステーションの解散を指示し、ダロク低地への出発を命じた。

車輛三両は緊急の場合に相互に助けあえるように、ぴったりならんで進んだ。転がる棘植物も風ギンチャクも、もはや脅威ではない。だが、上空の金属スパイは小型探知機によっても、いまなお確認できる。山脈をこえてゆっくりダロク低地に進んでいく車列を、金属スパイは追ってきた。

かれらが峠ごえもなんなくこなし、ぶじ目的地につけるだろうと信じかけたとき、たった一撃によって、あらゆる希望は打ち砕かれた。

車輛に設置された探知機は低機能で、致命的な危険をとらえたときは、すでに手遅れだった。ロボット・スパイについては探知していたものの、突然、もうひとつの物体が画面にあらわれたのだ。それは最初の物体よりもはるかに大きく、猛スピードで接近してきた。

退避する余地はない。

そして、すべてが終わった……

2

チェルタイトリンの態度は信じがたいほど友好的な印象をあたえた。かれは慇懃《いんぎん》な美辞麗句をならべて、サーフォ・マラガンを席につかせ、それからいった。

「ロルドスから聞いたが、なにかわたしに話があるそうだな。宿舎に不満があるのかね？　可能であれば、希望は叶えよう。諸君が……」

「宿舎には満足しています」マラガンはさえぎった。「ですが、質問があります」

「なんなりと」指揮官はうながした。

「助けてもらったことには感謝しています。クラトカンでのもてなしにも。ですが、われわれ、ここにいつまでもとどまっているつもりはありません。われわれが到着して以来、何隻もの艦が出発しました。ぜんぶがシムロルへ航行するとは思えませんが」

「大部分は衛星に向かった。近傍のネストに行く任務を持つ艦はわずかだ。これらの部隊がになっているのは極秘任務なので、部外者が乗ることは許されない。理解してもらいたい。近いうちにかならず、諸君の乗れる艦が出発するはずだ」

「そうあってほしいものです」マラガンは不機嫌な低い声でいった。

「公爵たちが待っているのか？」

見え透いた罠だ。あつかましいといってもいい。

「くりかえしますが、クランドホル公国の公爵たちは、われわれの存在すら知らないのですよ、チェルタイトリン。どんな意図があって、そんな質問を？　このクラトカンには、なにか公爵たちに秘密にしておきたいものがあるのでしょうか？」

この質問に、指揮官は明らかに気まずい思いを味わったようだ。かれはすぐに話題を変えた。

「聞くところによると、諸君は幽霊船を探しているとか……どういうことかね？　幽霊船など存在しない。すくなくとも、わたしは聞いたことがない。アーカイヴで調べさせることはできるが」

マラガンは指揮官の不快感を手にとるように感じた。

「感謝します、チェルタイトリン」マラガンは立ちあがった。「では、われわれの出発を支援してもらえると、あてにしていいのですね？　それまでのあいだ、われわれはできるだけ多く、クラトカンのことを知りたいと思います。話に聞く自然現象も見られるといいのですが」

「それは可能だ」チェルタイトリンは過度なまでに友好的にふるまった。マラガンは出ていきたくないようすだったが、司令官は立ちあがって別れを告げる。

ロルドスはすでにドアの前で待っていた。

ドアが閉まったあと、チェルタイトリンはふたたびシートにすわった。熟考する必要があった。思い違いでなければ、すでに解決法は見つかっている。

数十分前、スカルナグ砂漠のステーションと連絡がとだえたと報告をうけていた。それ以降の報告はない。捜索グライダーが出発したが、宿営地は無人だったとの知らせを持って帰ってきた。ステーションにいた調査隊のシュプールはなかった。

チェルタイトリンはすぐさま、クラン人十人とターツ五体の跡形もない消失を、いかに利用すべきかを考えた。

スカルナグ砂漠はかれのかかえている問題の解決に最適だった。公爵たちから送りこまれたと思われるスパイにして助言者の三人が、同様に砂漠で行方不明になれば、もはや問題はない。クランへ報告すれば、それでかたづいたも同然だ。

数分前、あのマラガンという男はみずから、クラトカンの自然現象を知りたいとの希望を表明したではないか？

客人たちの望みは命令にひとしい。マラガンとその同伴者たちは望みを満たす機会をあたえられるのだ。

チェルタイトリンは一時間後、ロルドスを呼んだ。

チェルタイトリンはロルドスに自分の計画をくわしく説明し、成功するもしないも、きみの責任だといった。

うけた任務をロルドスがまったくよろこんでいないことは、その顔つきからもわかった。だが、さまざまな理由から、指揮官の不当な要求をはねつけることはできない。

「忠実なターツ七体を選び、ベッチデ人三人とともに、姿を消した調査隊の捜索に向かうのだ」チェルタイトリンは指示の言葉を締めくくった。「どんなことがあっても、事故に見せかけることを忘れるな。いずれにせよ、異人三人は、二度と生きて帰ってきてはならない。理由はわかるな？　きみが理解したものと願っている」

「わたしにおまかせください、指揮官。しかし、異人が捜索部隊にくわわれば、基地では騒ぎになるのではありませんか？」

「心配は無用。かれら自身、この惑星をよく知りたいと希望したのだ」

「ところで、砂漠ステーションでは、なにが起きたのでしょう？」

「だれにもわからない。あるいはカニムール人の襲撃があったのかもしれない。われわれの防衛システムにまだ隙間があって、そこから敵の小型船が忍びこんだ可能性はある。そのためにも、わたしは艦隊を緊急出動可能にしておいた。だが、もうこれ以上、ぐず

＊

ぐずるな。明朝には出発するのだ」

「前もってベッチデ人三人と話をしますか？」

「よけいなこと。かれらにどう話をすればいいのか、きみ自身、知っているはずだ。かれらはすぐに同意するだろう。わたしは確信している」

ロルドスは仲間七体を選ぶために出ていった。

＊

「捜索部隊？」翌朝、ロルドスがチェルタイトリンの提案を伝えると、マラガンはすくなからず驚いた。「いったい、なにが起きたんだ？」

ロルドスは無人のステーションと行方不明の調査隊のことを話した。スカルナグ砂漠で見いだすことのできる自然の驚異について、言葉巧みに述べたてる。危険性についても黙ってはいなかった。ロルドスの推測は正しかった。まさにその危険こそが、ベッチデ人三人にとっては魅力的なのだ。すこし考えたあと、三人はロルドスとほかのターツ七体とともに行くといった。

十二座のグライダーがかれらを待っていた。ロルドス自身が操縦をひきうける。操縦はかんたんで、十分もたつとマラガンにもできそうに思えた。ターツたちは全員、小型の飛翔装置を身につけていたが、ベッチデ人には使えない構造になっていた。

グライダーは低空飛行で、ダロク低地とスカルナグ砂漠を分けるなだらかな山脈がある東のほうへ飛んでいった。最高峰は高さ八百メートルたらずだが、多くの割れ目が刻まれており、見通しがきかない。グライダーですらここに着陸するのは困難に見えた。だが、ロルドスは〝着陸〟のことは考えていなかった。この山脈は基地からあまりに近い。救援がすぐにもやってきて、すべての計画をだいなしにしてしまうだろう。山脈の向こうには、地平線まで砂漠がはてしなくひろがっていた。三百キロメートル先まで、惑星表面の湾曲しか見わたすことはできなかった。空気は澄みきっていた。

ロルドスはむずかしい任務に直面していた。指揮官と同行者七体と自分以外のだれにも、事故に見せかけてベッチデ人三人を死に追いやるのがまぎれもない計画殺人であることを、気づかせてはならないのだ。

不快なことはなるべく早くかたづけてしまいたい。そう思ったロルドスは、砂漠のまんなかでグライダーを墜落させることを考えた。かれと仲間たちは飛翔装置を使って早めに脱出できる。チェルタイトリンが捜索を開始させるまでグライダーの残骸のそばにとどまるか、飛翔装置の到達範囲はかぎられているが、自力で司令本部かほかのステーションまでもどればいい。

ベッチデ人には理解できないターツ語で、かれは仲間に相談した。七体はためらいながらも、ロルドスの思いきった計画に賛成した。

ロルドスの隣りの席にすわっていたマラガンは、ターッたちが自分には理解できない言葉で話しあっていることが、どうしても気にいらなかった。

「どうも、うさんくさい感じがする」かれはベッチデ人の言葉で、すぐうしろにすわっているファドンとスカウティにいった。「大トカゲたちがなにかたくらんでいるのはまちがいない。心がまえしておけ」

「なんのために?」ファドンは不安げに訊いた。

「わからん。だが、操縦士から一瞬たりとも目をはなすな。かれらが飛翔装置を持っていることを忘れるなよ」

こんどはロルドスがマラガンと同様の立場におかれた。ベッチデ人三人がかわしている言葉が理解できなかったのだ。ロルドスはふたたび、クランドホル語で話しだした。

「われわれはドート噴砂に近づきつつある。地面から砂間欠泉が突然に噴きだし、巨大な漏斗が形成される場所で、そのなかに落下したら命はない。これをひきおこすのは大サソリだ。尾に電磁気をためこみ、それがいっきに放電されると、間欠泉が生じるのだな」

「興味深い話だ」マラガンはいった。「漏斗のなかに落ちたら、どうなる?」

「サソリだぞ!」ロルドスはそれだけいったが、強調したいい方は充分、答えになっていた。「サソリは、はさみの前にきたものならなんでも食って生きている」

マラガンは横を向き、グライダーの縁から……暑さのためにキャノピーは開けられていた……身を乗りだしたが、漏斗は見えなかった。たぶん砂の下で待機中のサソリ集団の上を通過したときのみ、漏斗が形成されるのだろう。前触れのようなものはないらしい。

　ほんの数秒間、かれはロルドスから目をはなした。ターツが待ちに待った行動を起こすにはそれで充分だった。ロルドスは操縦コンソールの裏側にあるボタンを足で押した。たちまち反重力フィールドが崩壊し、すべてのエレクトロン設備が突然とまった。グライダーはごくゆっくりと飛んでいたので、ちいさな翼ではほとんど揚力を得られない。

　グライダーは墜落しはじめた。

　ロルドスは仲間にあわただしく命令をくだした。ベッチデ人三人が驚きからたちなおらないうちに、ターツたちは巧みに弧を描きながら機外に飛びだし、ぴったりよりそいながら、クラトカンの地表に向かって落下していった。

　マラガンは電光石火の速さで行動した。

　グライダーはいまやエンジンなしの状態だった。明らかに故意にしくまれたこの故障の原因を、瞬時に見つけることはできない。肝要なのは、グライダーをなんとか安全に地上に降ろすことだ。助けになるのはちいさな主翼だが、それも、充分な速度がある場合にかぎられる。

グライダーはそれでもなんとか、手動操縦にしたがった。

機首が降下し、下方への墜落は速度を増した。砂漠がますます近づいてくる。ファドンとスカウティはさいわいハーネスを締めていたが、真っ青な顔で、シートの背もたれにしがみついていた。かれらはマラガンがエンジンなしの緊急着陸を決行しようとしていることを予想した。

グライダーは猛スピードで落下しながらも、きわめてゆっくりと機首をあげた。操縦《そうじゅう》桿《かん》に反応したので、マラガンはバンクして旋回させ、おそらくターッたちが降りたと思われる地点までグライダーをもどすことができた。ロルドスにふた言か三言、どうしてもいってやらなければ。

ふたたび速度を落としたグライダーは急降下しはじめた。最後の瞬間、マラガンは地面すれすれのところでグライダーを水平状態にひきおこすことはできたが、コース変更をするだけの揚力はもはやなかった。猛烈な砂塵を巻きあげながら、グライダーは乾いた砂に滑りおち、ものすごい勢いで岩塊に激突。そのあとは、完全な静寂が支配した。

＊

ロルドスと仲間七体はたがいにぴったりとよりそいながら、ぶじに着地し、墜落していくグライダーをいっしんに見つめていた。

だが、そのあと、信じられないことが起きた。ほとんど垂直に落ちていた機が、ゆっくりと水平に滑空し、旋回し……最終的には胴体着陸したのだ。

最初、壊れたグライダーの周囲はしずまりかえっていたが、そのあと動きがあった。ベッチデ人のひとりが残骸のなかから這いだしてくると、仲間ふたりをゆがんだハーネスと金属支柱から解放した。三人とも負傷してはいないように見えた。

ロルドスはののしり声をあげたが、ほかのターツたちの突然の叫び声に妨げられた。叫んだわけをつきとめる前に、なにが起きたのかが見えた。

サソリのことをすっかり忘れていたのだ。

数本の砂間欠泉が突然に噴きだした。大量の砂が空中に放出され、風で飛散し、吹きとばされていく。そのあと、ターツたちの足もとで地面が割れ、全員いっしょに漏斗のなかに落ちた。漏斗の壁はもろく、そこを這いのぼろうとしても、さらさらと流れおちるだろう。

「飛翔装置を！」ロルドスは叫び、自分の装置のスイッチをいれた。

エンジンが反応しない。

ほかのターツたちにも同じことが起きていた。サソリから生じる電磁気のせいで、完全に故障したのだ。飛翔装置はもはや無価値なものとなってしまった。

だが、すくなくともブラスターだけはまだ機能していた。

それを使うにも、かぎられた範囲で、たがいを危険にさらさないように用心しなければならなかった。だがいま、四方八方の砂のなかから這いだしてきて、獲物に攻撃をしかけようとする敵の数はあまりにも多かった。

それでも一ターッが、漏斗の上端まで登っていくことに成功した。手探りで灌木《かんぼく》の根を見つけてしがみつき、足のほうは漏斗のなかにぶらさがっている。

「わたしについて登ってこい！」かれは下に向かって叫んだ。

ほかのターッたちも、しぶとく攻撃してくるサソリをくりかえし追いはらいながら、一体ずつ死の罠から登っていった。すべてうまくいっていたかもしれない……もし、サソリたちがドート噴砂をあらたにもうひとつ生じさせようと決心しなかったら。

あらたな砂間欠泉は漏斗のまんなかの、もっとも深いところから噴きだした。

ターッ四体はすでに安全を確保し、ほかの仲間を助けようとしていた。だが、いまだに漏斗のなかにとどまっていた一体が突然、砂にのみこまれ、そのまま跡形もなく消え失せた。サソリたちは全員で、かれを深みへとひきずっていった。

ロルドスもほかのターッたちも死の危険から無我夢中で逃げようとした。この危険きわまりない瞬間に、もしマラガンと仲間ふたりがあらわれなければ、おそらくもう一体がおぞましい肉食動物の餌食《えじき》となっていただろう。マラガンたちは腕ほどの長さのサソリに向けて小型ブラスターを発射。おかげで、ロルドスとのこりのターッたちは危険をまぬがれ、砂の穴からひきあげられた。

「七体しかいないぜ」ファドンは冷淡な口調でいいながら、墜落したときにぶつけた腰をさすった。

マラガンはロルドスに近づいていった。ロルドスは救出されたにもかかわらず、たいしてうれしそうには見えない。

「さて」マラガンはロルドスの前までくると、「なにかいうことはないのか？」

ロルドスは平然としていた。

「救出してもらったことへの感謝以外に、なにをいえと？　グライダーのことはすまなかった。飛びおりる以外に方法がなかったのだ。だが、あなたたちもぶじに着地し……」

「だれからたのまれて、われわれを殺そうとしたのだ？」マラガンはきびしく訊いた。

「だれにも！」

嘘ではあったが、それを証明する手だてはない。マラガンは話しあいをあとまわしにすることにした。いまはほかに気がかりなことがある。

「で、これからどうする、ロルドス？　行方不明となった調査隊の捜索はどうするのだ？　グライダーなしで」

ロルドスはさほどはなれていないところにある残骸に目をやった。

「たぶん、グライダーは修理できる。すくなくとも、最小限の修理は。われわれの飛翔装置のエネルギーはサソリによって完全に放電され、使いものにならなくなった。あらたな襲撃をうけないうちに、即刻、ここを去らなければ」

ロルドスはグライダーの残骸まで行ったが、もはやほとんど手がつけられない状態にあることが、ひと目でわかった。重要な部分はすべて、激突によって固定具からひきちぎられている。なによりも失望が大きかったのは、数十メートル先で、唯一の通信装置がめちゃめちゃに壊れているのを見つけたことだった。

救援を呼びよせるという最後の望みも、これで打ち砕かれた。

ある程度、安全と思える場所で休憩をとり、おちついて考えることにした。岩の上ならドート噴砂に襲われることもない。

マラガンは、ロルドスがなんらかの理由で自分たちを殺害しようとしていると確信したが、その話題には触れなかった。砂漠で死にたくなければ、いまは全員が助けあうしかない。残骸からかろうじて見つけだした備蓄は、二、三日ぶんしかなかった。

もしかしたら、チェルタイトリンがまもなく捜索をはじめるかもしれない。

そう考えると、マラガンの疑念と不快感は消えた。そもそも、自分たちを殺させる理由が指揮官にあるだろうか？　ロルドスはどこまで知っているのだろう？

黄昏が迫り、長い夜がはじまったが、マラガンは数々の疑問に対する決定的な答えをいまだに見いだせずにいた。

かれらはふたつのグループに分かれ、たがいに十メートル以上はなれて野営した。木材が見つからなかったので、火を焚《た》くことはできなかった。

「あれは陰謀よ！」スカウティが小声でいった。「わたしはロルドスをまったく信じていないわ」

「たしかに陰謀だった」マラガンは認めた。「しかし、その理由を見つけなければならない。ぶじに帰ってチェルタイトリンの前に出ることができたら、そうするつもりだ」

3

ゆっくりと夜が明けはじめたころ、最後の見張り役だったブレザー・ファドンは、ロルドスのつぶやき声を耳にした。

「シュリテンだ！　攻撃の準備をしている」

ファドンは目ざめていたが、眠ったふりをしてじっと横たわっていた。すぐそばでサーフォ・マラガンがいびきをかいている。すこしはなれたところでは、スカウティが歯をがちがちいわせていた。よほど寒いにちがいない。

ターツたちがロルドスに起こされて集まった。ファドンにはどの言葉も理解できた。

「シュリテンは登るのがうまい」——ターツがいった。「そのことで有名だ」

「だが、岩にいれば防御できるだろう」もう一体が指摘した。

そのあと、ファドンはロルドスが話すのを聞いた。

「異人三人は眠らせておこう。われわれはこっそり立ちさるのだ。岩の向こうまで行けば安全だ。三人のことは運にまかせればいい」

「そんなことはできない！」

「そうしなければならないのだ、ガロスト！」ロルドスは低い声でいった。「まさか、ここにくるときにきみに要求したことを忘れたのではあるまいな？」

「チェルタイトリンの命令にしたがうこと」ガロストはつぶやいたあと、つけくわえた。「それと関係があるのか？」

「おおいにある」ロルドスは答えた。

それはファドンにとって、クラトカンの指揮官が自分たちを消したがっているのではないかという疑いを決定的に裏書きする言葉だった。ロルドスは指揮官の道具として使われているのだ。

できるものなら、いますぐはねおき、裏切り者の大トカゲに跳びかかりたいところだったが、のこりのターツ六体がどういう反応をしめすのかがわからなかった。このガロストというターツは、自分たちを殺害することには気のりしないようすだが。

ファドンはそのまま横になって眠ったふりをつづけた。

「さ、出発だ！」ロルドスが小声で命じた。「シュリテンのやつらが、いつ襲ってくるかわからない」

ターツたちは四つん這いになり、音もなくベッチデ人三人のそばを通りすぎていった。

ファドンはかれらの姿が見えなくなるまで待ってから、マラガンを起こし、いましがたの出来ごとを話した。

衛星は低く沈みかけてはいたが、さいわいにもその光はまだ充分に明るい。しかも、そろそろ夜が明けようとしていた。クモに似た原住生物シュリテンは遠くからでも、はっきりと見分けがついた。群れをなし、網をうしろにひきずっている。

「ターツのあとを追うのか、それとも、シュリテンを相手にするのか？」ファドンは訊いた。「あのロルドスにはお灸《きゅう》をすえてやろう」

「もちろんだとも。だが、本当の悪党はチェルタイトリンだ。もしかしたらロルドスは、指揮官がわれわれを消したがっている理由を洩らすかもしれない」

気がつくと、スカウティも目をさましていた。

「いったい、どうしたの？　大トカゲたちはどこにいるの？」

ふたりは彼女に説明した。

この瞬間、シュリテンが攻撃を開始した。

クモ生物が数体、岩を登ってくる。ベッチデ人三人には、殺すほかに選択肢はなかった。スカウティが突然、甲高《かんだか》く叫んだので、マラガンは振り向いた。彼女は目だたぬようにそっと岩に登ってきていたシュリテン二体の襲撃をうけ、網を投げかけられていた。ファドンも急いでやってきた。かれとマラガンは狙い定めた銃撃によって、シュリテン二体をかたづけ、スカウティをねばねばした網から解放した。そのあと三人でふたたび敵にたちむかう。最後にはシュリテンはあきらめて砂漠に退散していった。

いつの間にか、あたりはすっかり明るくなり、ターツたちの姿がふたたび見えてきた。岩からかなり遠ざかり、東のほうに向かっていた。だが、クラトカン基地はそれとは逆の西のほうにある。

「かれら、どんどん砂漠の奥へと向かっている」ファドンは驚いたようにいった。「あとを追うか？」

「もどってくるんじゃない？」スカウティは推測した。「わたしたちがシュリテンをやっつけたのを見ていたかしら？」

「コルドスのやつがどんないいわけをするか、ぜひとも聞いてみたい」マラガンはうなるようにいった。「残念ながら、最初はかれの指示にしたがうしかないな。かれはこの惑星をわれわれよりもよく知っている。だから、こちらがかれとその任務について知っていることは明かさないほうがいいだろう。すくなくとも最初のうちは」

「それが賢明ね」スカウティは賛成した。

ファドンは黙ってうなずきながら、ターツ七体を目で追った。いままさに向きをふたたび西に変え、もどってくるところだ。もっとも、まっすぐ岩にもどるのではなく、千メートルたらずの距離をおいて通りすぎていくように見えた。

「こいつはいい。行く手をさえぎるのだ。もしかしたら、われわれがシュリテンにやられたと思いこんでいるかもしれないからな」

「残念」ファドンがつぶやいた。「この岩は守りの島のようなものなのに。とはいえ、いつまでもここにとどまって待っているわけにもいかない」

岩からおりるのは、とくにむずかしくはなかった。体長一メートル半くらいのシュリテンたちの死骸のそばを通り、三人はようやく砂漠の地面についた。ターツたちもこちらを見て、いくらか不機嫌になりながらも合図を送ってよこした。

ふたつのグループが出会うと、マラガンは訊いた。

「どうして逃げたのだ？　恐かったのか？」

ロルドスは渡りに船とばかり、答えた。

「恐かった。だから、無思慮な行動をとってしまったのだ。許してくれ。このことをチェルタイトリンには黙っていてほしい。でないと、処罰されるので」

マラガンはできるものなら、この偽善者の顔を殴ってやりたかったが、自制した。まだターツ七体にたよらなければならない。砂漠の危険性を知らない自分たちがここから脱出するには、ターツたちの助けが不可欠だった。

「黙っていよう」かれは約束した。「で、このあとはどうするのだ？」

ロルドスは西をさししめした。

「ダロク低地は、グライダーで飛んできたあの山脈の向こうにある。遠いので、ここからは見えない。歩くと何日もかかるだろう。それをまかなうだけの備蓄がない。新しく手にいれるようにしなければ」

「どうやって？」

「調査隊が消えてしまったステーションに向かうのだ！　備蓄はのこされたままだろう。情報によれば、ここから南西の方角にある」

「救援がこないと思うのか？」ファドンが訊いた。

「まちがいなくくるだろうが、砂漠はひろい。チェルタイトリンは通信連絡を待っているから、報告がないとなにかが起きたと考えるかもしれない」

きっと考えるだろうと思って、マラガンはいった。

「昼の明るさをめいっぱい利用し、夜にそなえて安全な場所を見つける必要がある。案内してくれるか、ロルドス？」

ロルドスは承知したようすだった。

「案内しよう」かれはいうと、ターツたちとともに前進を開始した。

＊

砂漠の風景はしだいにその性格を変えていった。わずかな植物しか生えていない砂丘があらわれたが、ロルドスは奇妙なまでに用心深くそこを避けて通った。砂丘はほぼ平坦で、たいした障害物もないのに、ターッたちは時間も体力も消費する迂回路を選んだ。マラガンはすでに疑念をいだきはじめていたが、気づかれないようにしていた。砂丘はなんの問題もなく見え、危険があるとは思えなかった。それなのになぜロルドスは、わざと避けたのだろう?

そのあと、かれもファドンもスカウティも……すくなくとも当面は……砂丘のことを忘れるような出来ごとが起きた。

すこし前を進んでいたクロトというターッが、ふいに立ちどまったのだ。振り向き、鉛色の空を指さした。

「空気ハンマーだ!」かれは叫んだ。「空気ハンマーが生じている。でも、ここにはかくれ場がない」

ターッたちがパニックをおさえるのに苦労しているのがマラガンにはわかった。

「空気ハンマーってなんなの?」スカウティは訊きながら、暑さを増して揺らめいている空に、なんらかの変化を見いだそうとした。見えたのはただ、虚無から湧きでてきた一片の雲だけで、不安を感じさせるようなものではなかった。「もしかしたら、まもなく雨になるかもしれないわね」

「雨雲じゃないな」マラガンは不安げにつぶやいた。「あまりにも、かたちがきちんとしている。ここから見るとほとんど円形だ。あるいは球かもしれない。大きさを増さないかわりに、黒っぽくなってきた」

「あれが空気ハンマーなのか、もしそうならどういう危険があるのか、ロルドスにたずねてみたらどうだ？」ファドンが提案した。

質問だけなら危険はないとマラガンは思ったが、ロルドスにはこの瞬間、質問に答える気も時間もないように見えた。ターッたちは、せきたてられるように四方八方を見まわし、かくれ場を探している。

ますます黒くなっていく雲から逃れるためか？　これ以上こちらに近づいてくる気配はないが……

マラガンはロルドスのほうへ行った。

「空気ハンマーとは……なんなのだ？」

ロルドスは雲から目をはなさなかった。

「空気ハンマーがどういうものなのか、正確にはだれも知らない。たぶん電磁的な現象だろう。凝縮された自然の力がいきなり放電されるのだ。巻きこまれたら、粉々になる。爆弾みたいに……」

「嵐のようなもの？」スカウティがかれらのそばに立って訊いた。

「ようなもの、でしかない」マラガンは推測した。かれはふたたびロルドスのほうに向きなおり、「われわれはどうすればいい？　どうして砂丘にかくれ場を探さないのだ？

窪地があるだろうに……」

「かくれ場はない」ロルドスはさえぎった。

ターッたちがあきらめているのは明らかだった。不安に満ちた目を大きく開き、探るように球状の雲を見つめていた。雲はすこしちいさくなったものの、ますます黒くなっている。ゆっくりと漂い、たびたび向きを変えたが、そのつど高度をさげてきた。遠く前方で、ターッとベッチデ人のグループは砂丘のあいだの平地に立っていた。まるで、陽光をすっかり吸いこんだかのように見えた。真っ黒いものが湖のようにきらめいている。

ロルドスはみずからも危険にさらされ、任務のことはとっくに忘れていた。いまは全員の命がかかっている。かれはもはや雲とも呼べないような雲を注意深く見つめていた。直径がどれほどあるのかわからないガス状の黒い球体は、進行方向のななめ向こうにある砂丘の背後に消えた。

「伏せろ！」ロルドスは叫んだが、それは安堵をふくんだ声だった。

ターッたちは即刻、それにしたがった。ベッチデ人三人は、ためらいつつもロルドスの命令にしたがう。きわどい一瞬だった。

砂丘の向こう側で巨大な爆発が起きたのだ。稲妻が空にはしり、恒星が色あせて見えた。そのあと二度、爆風が猛烈な勢いで襲ってきた。最初の爆風は空中を直進して砂塵を巻きあげ、地面に這いつくばっているターツとベッチデ人の上に降り注いだので、かれらの姿はほとんど消えてしまった。第二の爆風は、砂漠の地面を通ってやってきた。まるで惑星がはげしく抵抗しているかのようだった。

そのあと、マラガンは突然、耳が聞こえなくなったように感じた。すさまじい爆発音のあと、不自然なまでの静寂が訪れ、痛みをおぼえるほどだった。やっとの思いで、ほとんど全身をおおいつくした砂から這いだした。つづいてファドンもスカウティも動きだす。ターツたちはそれほど苦労しなかった。頑丈な体格をしているからだ。

負傷した者はひとりもいなかった。

「放電、自然現象……」ファドンはつぶやき、スカウティを助けて、立ちあがらせた。「われわれは恐ろしく幸運だったのだと思う。もし、すぐ近くで起きていたら、どうなっていただろう?」

「空気ハンマーはめったに生じないのだが」ロルドスはいった。「身を守るすべはない。さいわい、このスカルナグ砂漠でしか起きない現象だ。さ、前進しよう」

ベッチデ人は、骨まで達する恐怖から、まだたちなおっていなかった。

「待ってくれ」マラガンはたのんだ。「まず、すこし休憩したい。スカウティが全身で震えている」

「すぐによくなるわ」スカウティは抗弁した。「行進を中断してはだめよ。向こうにあるのは湖なの？」

マラガンは、ロルドスが答えをためらっているのを見た。ほかのターッたちはなにかを待っている。神経質なようすに見えたが、これといった理由はないようだった。

「水をたたえた湖ではない。水は砂漠にはほとんどないから」

「では、なにをたたえているのだ？」マラガンは食いさがった。目を細くして、五百メートルあまり先の、鏡のようになめらかで黒い面をじっと見つめた。

「だれにもわからない。もしよければ、行って見てきたらどうか？　われわれはここで待っているから」

「あんなに急いでいたのに」マラガンは挑発するようにいった。「いっぺんに、時間があることになったのか？　わたしが湖を見たいというだけで？」

ロルドスは明らかに狼狽《ろうばい》していたが、しぶしぶ白状した。

「これもまた、まだ解明されていない自然現象のひとつだ。粘りけのある液体で、からだに付着する」

マラガンは視線をロルドスから湖のほうにうつした。

「われわれが進んでいくのは、まさにあの方角だ」かれは湖と砂丘と、そのはるか彼方にクラトカン基地がある西のほうを指さした。「なぜ、全員で行ってみないのだ？」

「ここからもっと南西よりに方角を変えたいからだ。でないと、行方不明になった調査隊のいた場所に行きつかない」

「すこしの距離なら、かまわないだろう」マラガンは指摘した。「さ、行こうじゃないか」

マラガンにははっきりわかっていたが、ロルドスはどうしても湖を避けて、マラガンひとりに行かせようと考えていたのだ。とはいえ、露骨にそれを見せたくなかったので、マラガンに同意した。

「だが、用心しなければ。だれも黒い表面に触ってはいけない」

「そもそも、なにが危険なの？」空気ハンマーの恐怖からある程度たちなおったスカウティが訊いた。「その湖とやらにはりついてしまうのかしら？」

「そういうこともあるかもしれない」ロルドスは言葉を濁した。

ロルドスはチェルタイトリンの命令を厳守しようとしていた。異人三人は死ななければならないが、事故のように見せかける必要がある。指揮官は中立的な捜査委員会をたちあげ、報告書をクランに送るだろう。どこから見ても事故であることをしめしている報告書でなければならない。

ロルドスは失敗がぜったい許されないと知っていた。失敗すれば、自分はおしまいだ。

しかし、あの湖は、これから遭遇するはずの無数の危険のひとつにすぎない。だったら、いま疑惑を生むようなリスクを冒す必要はないではないか？　なにもしなくても、三人は確実に死ぬかもしれないのだ。

そうだ、戦術を変えよう。三人の信頼を勝ち得るために、今後はよき友であり庇護者であることをしめすのだ。そのほうが、あとの仕事がしやすくなる……

黒い湖の〝岸〟の二十メートルほど手前で、ロルドスは立ちどまった。好奇心に駆られたファドンはみずから〝煮出し汁〟と表現した湖を近くから見るため、先に行こうとしたが、マラガンがそれをひきとめた。

たいらで微動もしない湖面を見て、マラガンは黒い鏡のようだと思った。どこにも危険はかくされていないように見えた。ロルドスがいうように粘りついたとしても、それが確実に死に結びつくとは思えなかった。

一ターッ、おそらくガロストが、いきなり横に飛びすさり、身をかがめた。ふたたび立ちあがったとき、もがいているなにかを手に持っていた。小型の爬虫類のように見えた。

ロルドスはガロストから獲物をとりあげ、マラガンのほうを向いた。

「これは砂漠の生物だが、いったいなにを食って生きているのか、だれも知らない。ここにいるなにかだろうか？」かれは黒い湖を指さした。「それを見つけよう。そうすれば、この鏡の湖がどれほど危険であるかわかる」

だれかが抗弁するいとまもなく、ロルドスはちっぽけな生物を湖にほうりなげた。

このあとで起きたことは、マラガンとふたりの仲間を震えあがらせた。

爬虫類はほんの何ミリメートルか沈んだだけで、湖面にぴったりはりついた。六本脚のうちの一本だけでも黒い湖面から剥がしとろうともがいたが、むだだった。からだだけはまだ動いているが、脚のほうは黒い物質に根をおろしたかのようだった。

「動物虐待よ！」スカウティはどなり、不幸な生物を助けるため、湖に向かって駆けていこうとした。ターツたちはその場から動かず、とめようともしなかったが、マラガンはすばやく彼女をつかまえた。

「ここでじっとしていろ。でないと、痛い目にあうぞ！」かれは怒って、スカウティをどなりつけた。「見てみろ、あれを……！」

湖を形成している黒い物質のなめらかな表面のいたるところに、突然、金色の甲虫があらわれた。手のひらほどの大きさがあり、驚くほど巧みに動き、暗い湖面に粘りつくこともない。

甲虫の狙いは運に身をまかせた爬虫類だった。襲いかかって、湖の不気味な深みへひきずりこんでいく。爬虫類は抵抗しなかった。

数秒後にはすべてが終わり、湖はふたたび手つかずのなめらかな鏡となった。

ロルドスはいった。

「わたしのいったとおりだろう？　あの虫のはさみにかかっては、ターツでも助からない。湖の縁に行くだけで充分なんだ。片方の足が粘りついたが最後、もう前には進めない。甲虫が襲いかかって、深みにひきずりこんでいく。獲物が息たえる前に、恐怖の饗宴がはじまるのだ」

スカウティは青ざめた。この切迫した危険を説明するために、爬虫類は犠牲にならなければならなかったのだ。彼女はロルドスを許す気にさえなった。

「こういう湖はたくさんあるのか？」マラガンは訊いた。

「それほど多くはない。ほとんどは避けて通ることが可能だ。だが、ときには砂の下にかくれていることがある。とくに、砂嵐のあったときなど。砂はゆっくりとおりてきて、しばらくのあいだ湖面をおおっている。そうなると、うっかり破滅の湖面を歩くことになる」

「それでも、危険の徴候はあるはずだ」

「あるにはある」ロルドスは認めたが、それ以上、くわしいことはいわなかった。

マラガンは思った。ロルドスは、自分たちとターツ仲間からたよりにされたいのだろう。そのやり方は巧妙だ。犠牲になった爬虫類はトリックにすぎないのかもしれない。

＊

夕暮れにならないうちに、一行は直径千メートルはあろうかと思われるひろい窪地のきわまできた。窪地のまんなかには水があるように見えた。というのも、数十本の樹木が生えていたからだ。砂はグリーンがかっていて、植生のあることが見てとれた。

「しばらくのあいだ、水の補給を心配する必要はなさそうだ」ファドンは期待に満ちてそういうと、からっぽの水筒をたたいた。「たぶん食べ物も見つかるだろう。どう思うかね、ロルドス？」

話しかけられたロルドスは曖昧《あいまい》な身振りをした。かれが芝居をしているのかどうか、この時点でわかっていたら、マラガンはどんな代償でもはらっただろう。

「こういういい場所には二倍の危険がある」しまいにロルドスはいった。「とはいえ、もちろん、備蓄を補う絶好のチャンスを見逃してはならない。次に水を得られるのは、いつのことかわからないから」

「どんな危険があるのだ？」ファドンが訊く。「われわれは武器も所持しており、身を守るすべを心得ている。その証拠に、岩ではシュリテンをやっつけた」

ロルドスはこのほのめかしには乗らなかった。

かれは他のターツたちと相談した。

ロルドスたちがふたたび自分たちの言葉で話しはじめたので、マラガンも故郷惑星の言葉で仲間と話をした。

「オアシスは救いであると同時に危険でもあるらしい。ロルドスはどうするべきか、迷っているようだ。かれは事故に見せかけてわれわれを消すという任務をひきうけたようだが、一方では、そのもくろみに気づかれまいと苦労している。だから、あの鏡の湖でひと芝居打ったのだ。われわれが多少とも疑いをいだいていることに気づき、ごまかそうとして。しかも、時間は切迫している。チェルタイトリンが疑いもいだかずにいつまでも待つことはないだろう。あの指揮官が賢ければ、われわれを、到着一日目にほかの基地に送りだしていたはず。こちらもそれを望んだのだから。だが、スパイかもしれない者を送りだす危険を冒したくなかったのだ」

「この窪地はまったく無害に見えるけど」スカウティがいった。

「そう見えるだけだ。ここでは無害なものはなにもない」

「基地にもどりたいな」ファドンはうなると、そっと腹をなでた。「わたしはまちがいなく数キログラムは痩《や》せたぞ」

「なら、いいじゃない」スカウティはいった。

三人は黙りこむと、救いの島のように見えるオアシスを窪地のきわからじっと見つめた。ターツたちはまだ話しあっていた。どうやら意見が一致しないようだ。ガロストがしきりにロルドスを説得しているのが目についた。なにかをやめさせようとしているようだ。ほかのターツたちは、よりひかえめな態度をとっていた。

沈みゆく恒星フェロイの光のなかで、マラガンは稲妻が窪地の上に短く光ったのを目のすみでとらえた。ほんの一瞬のことであり、二度と起きなかった。あるいはただの錯覚かもしれない。

かれはまたそのことを忘れた。

ロルドスが立ちあがり、マラガンたちのほうにやってきて、とりきめを伝えた。

「窪地へおりていくことにした。水が手にはいるだけでなく、木には食べられる実がなっている」かれは〝食べられる〟という言葉を妙に強調した。「ただ、危険もある。こういう場所には白ミミズがよくいるのだ。太さはそれほどでもないが、非常に長く、五十メートルにもなる。もし巻きつかれたら、救うことはできない」

「われわれは武器を持っているのだぞ」マラガンは抗議した。

「せいぜい、犠牲者の苦しみが短くなるだけだ」なぐさめにならない答えだった。

「全員いっしょにいて、まさかの場合はたてこもるようにすれば、それほどたいしたことは起きないだろう」ファドンはいうと、ブラスターの銃把を自信たっぷりにたたいた。

「飲み物や食べ物があるのなら、ぜったいに見逃すべきではない」

それに反対する声はほとんどなかった。

ロルドスはなんの注釈もくわえず、先頭に立った。

＊

オアシスは平和な印象だった。火を焚くための乾いた木もたっぷりあった。ガロストとファドン、ほかにターッ二体が前もってあたりを捜索したが、疑わしいものは見つからなかった。地面にうがたれた腕ほどの大きさの穴が、どうやら、そのなかに生息する白ミミズの存在を明かしているようだ。ほかには無害な昆虫や小動物も数匹いたが、まったく危険性はなかった。

ターッたちは空腹のあまり、木になっている果実に殺到したので、さいわい、マラガンはかれらをじっくり観察することができた。ある特定の果実を、非常に食欲をそそる見かけにもかかわらず、避けている。ロルドスはべつに警告の言葉を発してはいなかったのに。

おかげでベッチデ人三人は、ターッたちがもぎとって食べた果実だけをとることによって、危険を避けることができた。

ロルドスが夜の見張りを提案したのは、まさに当然のことだった。ターッたちもベッチデ人と同様、白ミミズの脅威にさらされているからだ。マラガンはただちに賛意を表明した。だが、かれは用心深く、あとになって仲間に説明した。

「岩であったのと同様のことが起きるだろう。ターッが見張りしているところに白ミミズがあらわれたら、かれらはさっさと逃げだして、われわれを運まかせにするはず。だから、こちらは正式の夜警とはべつに、交替で見張りをするのだ」

二、三時間後、ターツのクロトが焚き火からすこしはなれたところに、うずくまっていた。ファドンはその火からはなれていないところで夜の闇に耳を澄ませながら、見張りのクロトからも目をはなさずにいた。

身を守るための予防処置だった。

とはいえ、もし全員の命に関わるような不運に見舞われたなら、それはターツの罪ではないが。

最初、ファドンが気づいたのはごくかすかな音だった。だれかが砂の上に棒で線をひくような、ひっかき音だ。ファドンはしずかに横たわったまま、なにも気づいていないらしいクロトを眺めていた。

音がどの方角からくるのか、ファドンには確信がなかったが、しまいには、四方八方からきていることがわかった。砂をひっかくような音を出しているのは、この地にきまってあらわれるというヘビに似た生物である可能性が高かった。

かれは手に持ったブラスターの安全装置をはずしたが、まだからだのかげにかくしておいた。内なる声が、ターツたちの真意をたしかめるまで待つようにと警告する。そのためには、甘んじて危険を覚悟しなければならない。

だが、それでは遅すぎた。

白くて腕ほどの太さがある、ウナギのようになめらかな生物が、電光石火の速さであられたのだ。なにも気づいていないクロトのからだに巻きつき、かれが叫び声をあげるひまもなく、まばらに生えた藪のなかへとひきずっていった。

そのときになってはじめて、ファドンは跳びあがり、急を知らせる叫び声をあげて、ほかの者たちを目ざめさせた。クロトの叫び声は急速に遠ざかり、なにが起きたかを明らかにしていた。

「白ミミズだ！」ロルドスは大声でわめくと、暗闇に駆けだしていった。ガロストは火のなかに薪《たきぎ》をほうりこむ。たちまち炎が燃えあがり、その明かりのなかで数匹の白ミミズが目をくらまされて、動きをとめるのが見えた。

マラガンはまだ横になっているスカウティの向こう側で脚を大きく開いてふんばり、すぐ近くにいる不気味な外見の生物の頭部に、容赦なくビームを浴びせて殺した。遠くのほうで救いをもとめて叫んでいたクロトの声が聞こえなくなる。

ターツたちと三人のベッチデ人はさらに三匹の敵をかたづけた。のこる二、三匹はうまく逃げていった。ロルドスは打ちひしがれ、重い足どりでもどってきた。

「クロトを助けたかったが、手遅れだった。白ミミズにひきずられていった。たぶん、われわれには見つけられない洞窟のなかのかくれ場へ。かれは見張り中に眠っていたにちがいない。でなければ、白ミミズがこれほどうまく攻撃できた説明がつかない」

ファドンは弁明しようと思えばできたが、黙っていた。証拠が見つからないからだ。

乾いた木の枝の松明《たいまつ》で照らしながら、全員でもう一度そのあたりを探したが、ひきずっていった痕跡はもはや見つからなかった。まるで、白ミミズが犠牲者とともに雲散霧消したかのように、痕跡は突然、消えていた。かわりに見つかったのは、砂中にできた新しい穴だった。

「掘ってもむだだ」全員がふたたび、明るく燃えさかる火のまわりに集まったとき、ロルドスはいった。だれももう寝ようとはしなかった。「こちらが追いかけるより速く、やつらは地中にもぐりこんでいく。無意味なことだ。クロトは死んだのだ」

マラガンはなにかいいかけたが、黙ったまま、物思いに沈んで炎を見つめていた。

本来なら、二体めのターツがみずからの任務の犠牲となったことに満足していいはずだった。だが、奇妙なことに、そうはならなかった。ターツたちはクラン人の、とくに指揮官チェルタイトリンの影響下におかれてはいるが、この殺害計画を実行することには明らかに躊躇《ちゅうちょ》している。ロルドス自身、ベッチデ人が危険に遭遇しても助ける意志のないことを何度もしめしながらも、任務に疑いをいだいているようだ。かれは意図的にベッチデ人を破滅に追いやろうとしているわけではない。

厄介な状況だった。

マラガンはなんとか逃げ道を見つけられないか……もし、それがあるとして……考えこんだ。

4

ほかにもうひとり、本気で心配している者がいた。チェルタイトリンだ！

グライダーの意図的な墜落以来、ロルドスをリーダーとするターッたちからなんの連絡もきていなかった。

問題がいくつか生じていた。

まず最初は、本来の調査隊がこれといった理由もなく、スカルナグ砂漠のステーションから去り、そのあと、跡形もなく消え失せた。グライダーで向かった捜索部隊も成果なくもどってきていた。

おもてむきには、ロルドスはターッ七体とベッチデ人三人とともに、行方不明者の捜索に出かけたことになっていた。異人を捜索に参加させたことは、多少の驚きをもってうけとめられたが、うまくごまかした。ベッチデ人がすぐれた知性を持つことを指摘し、きっとかれらが捜索を成功に導くだろうと説明したのだ。

だがいま、ロルドスとの連絡もとだえている。

チェルタイトリンはこの事実を秘密にしておくようにつとめ、うまくいっていた。情報センターの職員は、厳格に秘密保持することに自信を持っている。ロルドスからなんの情報がはいってこなくても、疑いを持つ者はいなかった。

二、三日なら、それでもよかったが、それを過ぎると、チェルタイトリンは行動にうつさなければならなくなった。

だが、どうやって？

もう一度、捜索部隊を送りこめば、ロルドスとその同伴者たちを見つけだすことができるかもしれないが。

かれらはどういう状態にあるのか？

ベッチデ人たちは〝事故〟の犠牲になったのか、それとも、なっていないのか？ 報告をうける手筈になっていたが、いまだにとどいていなかった。そのことから指揮官はこう推測した……ロルドス自身が困難におちいったのではあるまいか？

ここでためらい、あらたな捜索部隊を送らずにいたら、ほかの将校たちが疑いをいだくだろう。なぜチェルタイトリンは手をつくして行方不明の二グループを探さないのだろう、と。

では、なにをすればいいのか？

時間稼ぎをするため、カニムール人がクラトカンへの攻撃準備をしているという噂を流すことにした。警報にそなえて出動準備をととのえるよう、艦隊に命じる。敵の部隊がまぎれこんだり、着陸したりしないよう、数隻に遠距離から惑星を周回させた。すでにそういう事態が起きているとは、予想もしていなかったのだが。

いずれにせよ、この噂によって行方不明の二グループから気をそらすことができた。この点では、チェルタイトリンの思惑は成功した。ただ問題は、あらたな捜索部隊を送るようにとせかされるまで、どれくらいの時間稼ぎができるかということだった。

自身の秘密計画については、不安が募るばかりだ。チェルタイトリンには信頼のおける友がいない。ほかのクラン人たちにたいする不信感があまりにも大きいため、心のなかを打ち明けることができないのだ。計画に関しては、数人の艦長とわずかな言葉をかわしただけだった。

秘密計画についての書類は、ポジトロン性時間錠をそなえた金庫に保管してある。関係者以外が重要なデータに近づけないよう、開けるためのコードは非常に複雑なものにしていた。チェルタイトリンは忘れないように書き記してデスクにしまってあるが、その数字とアルファベットがなにを意味しているのかは、だれにもわからないだろう。

脳裏には、いま逃亡してはどうかとの思いが浮かんだ。大事にいたらないうちにあらゆる疑惑をおさえこみ、極秘のミッションに見せかけて重巡洋艦を飛ばすだけの影響力は持っていた。だが、途中で乗員や将校たちが自分のもくろみに気づいたとき、かれらを味方につける必要がある。

それは容易なことではなかった。そのため、いまだに躊躇しているのだ。

こうしたさまざまな問題をかかえて、チェルタイトリンは眠れない夜をすごしていた。自分の問題を不当にもベッチデ人のせいにし、かれらにたいする怒りをしだいに募らせていく。

そのとき、幹部将校がやってきて、チェルタイトリンはぎょっとした。

「なにごとか？」かれは内面の動揺をかくそうとして、大声でいった。

将校は怪訝《けげん》に思ったようだが、それをおもてには出さなかった。

「シムロルの監視施設から、数週間前に異物体がフェロイ星系に侵入し、おそらくクラトカンに着地したらしいとの報告がありました。しかし、この出来ごとにはそれ以上の重要性はないものと認められ、警報の発令はおこなわれませんでした」

チェルタイトリンは当初の心配ごとから気分転換できて、よろこんだ。

「とんでもないことだ！　どこが対処している？」

「衛星のステーションです。すでに適切な処置をとりました」

「それはよかった！　どういう異物体だったか、解明されたのか？」

「いえ、遺憾ながら。でも、カニムール人の宇宙船であるなら、わかるはずです。たぶん、砂漠のどこかに大きめの隕石が落下したのでしょう」

「よくあること。それにしても、シムロルの担当要員には厳重な戒告をあたえるべきだ。こういった出来ごとは、なにがあってもただちに報告せよと！」

「そうとりはからいます」将校は約束すると、立ちさった。

チェルタイトリンはこのとき、隕石の落下について、惑星全体を調べさせるべきだったのだ。ひょっとして本当にカニムール人の船がひそかに着陸していないかどうか、たしかめるために。だが、そうすると、自分の計画を危険にさらすことになりかねない。隕石のかわりに、ロルドスが見つかるかもしれないのだから。

まだ待ってみよう。

だが、あとどれくらい？　チェルタイトリンは気がかりだった。

＊

一行は日の出とともに、南西の方角をめざして、ふたたび出発した。

サーフォ・マラガンは前日にくらべて風景が激変していることに気づいた。まるで、砂丘が一夜にして移動したかのようだ。それも、驚くほどの長距離を。ふつうなら風の方向をしめすはずの砂が、砂丘ごとに異なる窪み方をしている。なんとも説明がつかなかった。

つまり、砂丘を前進させたのは、風ではないということ。

では、なんなのか？

きのう、ロルドスが砂丘をわざと避けていたわけは、この奇妙な移動衝動があるからか？　だが、マラガンには想像もつかなかった。いま、昼の光のなかで見ると、砂丘はじっと動かず、無害に見えた。

マラガンは、ロルドスがふたたび疑わしいふるまいをしないかぎり、これについてたずねようとは思わなかった。かれも仲間ふたりも黙ってターツたちのあとからついていく。ターツたちは遠まわりを覚悟のうえで、また砂丘を避けて通った。

スカウティはまだ昨夜の恐怖が骨の髄にのこっていた。砂丘にはかまわず、ふたたび危険な鏡の湖に遭遇しないように、たえずターツのあとを追っていた。

砂丘がどうなっているのか、マラガンはけっきょく知らないままだった。というのも、正午前にはひろい平地についたからだ。植物はほとんど生えていない。

恒星が中天にかかり、暑くなった。熱された空気が高みにのぼっていき、遠くの風景は輪郭がぼやけている。この砂漠惑星で、自分たちだけが唯一の生物のようだ。

マラガンはターツたちが歩みを速めるのに気づいた。まるで、夕暮れまでにつきたいと思っている目的地を眼前にしたかのように。しかし、マラガンは、それについてロルドスに訊くのはやめた。

木立が見えてきたとき、ひと休みしたいといいだしたのはスカウティだった。ロルドスはすぐさま同意し、すこし向きを変えた。かれらは鬱蒼とした樹木のかげに腰をおろした。ターツたちも、すこしのあいだ、殺人的な陽光を避けることができたのをよろこんでいるようだった。

かれらはすこし食べ、白ミミズのいたオアシスで見つけた水を飲んだ。ロルドスは、無人となったステーションで食糧と水が手にはいるし、そこへ行くまでにも泉が見つかると断言した。どこからそれを知ったのかとマラガンが訊くと、ロルドスはいった。

「スカルナグ砂漠の地図があるのだ。正確ではないが、重要な場所は記されている。だが、知っているところより、知らないところのほうが多い。わたしの記憶するかぎり、われわれはもうひとつ、平坦で森林におおわれた丘をこえなければならない。そこへ行く前に、さっき話した泉がある。丘をこえると、また砂漠があり、そこにステーションがあるはずだ」

ガロストが突然、立ちあがり、極度に緊張したようすで、いまきた方角を振りかえった。ロルドスが訊いた。

「どうしたのだ？　なにか見えるか？」

「確信はないが」ガロストは答えた。「なにかがわれわれのあとを追ってくるみたいだ。わたしの見まちがいでなければ、いくつか黒っぽい点が動いている。こちらに向かって」

ロルドスが立ちあがり、ガロストのほうへ行った。マラガンも立ちあがったが、ガロストのいう方角には疑わしく思えるものはなにも見つからない。いや、見えた……ガロストのいうとおり、数個の黒っぽい点が！　どう見ても藪だ。

だが、それがたしかに動いているのが、かれにも見えた。

木陰の一行に向かって。

「カーセルローテンだ！」ターツが叫んだ。「カーセルローテンがくる！　もう、おしまいだ！」

マラガンはまたもロルドスが動揺しているのに気づいた。その理由は明らかだった。もし、このカーセルローテンが危険だとすれば、ターツたち自身もリスクを冒さずには任務を遂行することができないわけだ。

全員がまたも運命共同体だった。

「木の上へ！」棘を持った藪が転がりながら数百メートルの距離まで迫ったとき、ロルドスは命じた。「カーセルローテンは飛ぶことはできないから」

木はそれほど高くなく、容易に登れた。不器用に見えたターツたちだが、比較的速く強靭《きょうじん》な枝に登り、安全を確保した。

ベッチデ人三人はもっとも太い木を選んで、全員でそこに登った。大きくはりだした枝の分かれ目におちついた。

「あれはなんなの？」スカウティは転がりながら接近してくる、生き物のような藪を指さした。

マラガンは隣りの木に登って不安げに下を見つめているガロストに訊いた。ガロストは答えた。

「本当のところはだれにもわからない。動ける茨の藪だ。どんなに速く走っても、だれもが追いつかれてしまう。犠牲者の上を転がり、その長い棘で殺して、死体をのみこむのだ。あれは植物ではない。ただ、そう見えるだけで」

気がつくとカーセルローテンは一行のところまでやってきて、木々をとりまいた。声なき命令にしたがっているかのようだ。どうやら長時間、包囲するつもりらしい。

マラガンはブラスターを探った。

「どうして、駆除しないのだ？」かれはガロストに訊いた。

「ぜんぶがここに集まってからでないと、ほとんど意味がない。ひとつでも逃したら、あとになってまた待ち伏せされる。もしひろい砂漠で見つけられたら、われわれは殺される」

マラガンは納得した。さらに多くの藪が四方八方から近づいてくるのが見えた。よく肥えた獲物がいるという噂がひろまったのだろう。

「獲物がいないときは、なにを食って生きているのか知りたいものだ」ファドンは不愉快そうにつぶやいた。「こいつら、植物か、動物か？」

「たぶん両方じゃない？」スカウティはすこし青ざめながら推測した。

半時間もすると、三十ほどのカーセルローテンが木立のまわりに集まった。動いていないときは無害な、乾いた藪にしか見えない。

ロルドスはあたりを見まわしたあと、断言した。

「これ以上はこない。わたしが合図したら発砲開始だ。いいか、ひとつも逃すなよ！」

生きたカーセルローテンをひとつとして逃さないことがなにより重要だった。それゆえブレザー・ファドンは、最初の一斉射撃をまぬがれて転がり逃げようとするものに狙いをつける役をひきうけた。

反撃は意外なほど成功したので、ファドンにはほとんど仕事がまわってこなかった。カーセルローテンはビームがすこしかすっただけで、すぐに燃えあがり、わずかに動いたと思うと、あとは微動もしない。数分後には、それらがかつて存在していたことをしめすものは灰の山だけとなった。

五分後には、すべてが終わった。

「生きのこったのはひとつもない」ロルドスはいうと、もう一度、注意深く周囲を見まわした。「さ、またおりていこう」

泉は飛んでいる風ギンチャクによって見張られていた。

＊

短い休憩をはさんだ骨の折れる前進のあと、一行の前に森林におおわれた丘があらわれた。かれらを駆りたてたのは、泉の冷たい水が飲める見こみがあるからだけではなく、二、三時間の睡眠を望む切実な気持ちがあったからでもある。

一時間後、ロルドスは立ちどまった。ほかのターツたちも危険に気がついた。またも、ロルドスの手に負えない事態になったと、マラガンは内心、思っていた。

「風ギンチャクだ！」ガロストがいった。かれはこの奇妙な生物の特徴と危険性について、手みじかに説明した。「風ギンチャクは水のそばに好んであらわれ、動くものにかたっぱしから襲いかかる。一方、砂漠でもしばしば出会う。やつらをかたづけるのは、そうかんたんではない。飛ぶことができるから。名前は風と結びついているが、実際は風とは無関係だ。むしろ、風に逆らって動く」

マラガンもファドンもスカウティも目がいい。それでも、飛行する殺人植物のほとんど透明な花弁を確認するのはむずかしかった。風ギンチャクはクラゲに似て、一見、あてどなく漂いながら、獲物を探していた。

「数ダースはいるな」ファドンが結論した。

「森のなかなら安全だ」ロルドスは説明した。「木の枝がじゃまになって飛べないから」

「泉は森の手前にある」ガロストがそっけなくいった。「それに、遠まわりしてもむだだ。丘に到達する前に、風ギンチャクに気づかれる」

「むしろ、暗くなるまでここで待ったらどうか」ファドンが提案した。

ベッチデ人のこの助言が、ロルドスの想像力を刺激したらしい。

「それはいい考えだ」と、褒《ほ》めたうえで、つけくわえた。「風ギンチャクの襲撃は、われわれよりも、体力の弱いあなたたちにとって、より危険だ。だから、まず、われわれが先に行って追いはらう。あなたたちは暗くなるまでここで待ってから、あとを追ってくればいい。これがわたしの提案だ」

ロルドスのもくろみを見ぬくのはたやすかった。マラガンはできれば嘲笑したかったが、うなずくにとどめた。

「ああ、それがいいだろう。だが、あんたたちだけで風ギンチャクをかたづけることができるのか?」

ロルドスは顔をゆがめ、にやりと笑った。

「それはこちらの問題だ。ちなみに、あと一時間で夕暮れになる。そのあとは風ギンチャクも飛ばず、どこかでおとなしくなる。それまでわれわれが見つからずにいれば、あっさりかたづけられるだろう。あなたたちは合図があるまでここで待っていてくれ。上空に向かって三回、ビームをはなつから」

スカウティとファドンは口出ししなかった。マラガンには確固たる考えがあるのだろうと思ったからだ。ターツたちが声のとどかないところまで行ってしまってから、スカウティが訊いた。

「で、どうするの？」

「薄暗くなってきたら先を急ごう。ターツからの合図は待たない。ロルドスがなにをもくろんでいるのか、興味津々《きょうみしんしん》だ。風ギンチャクの気をそらし、われわれにつきまとわせるつもりかもしれない……たしかではないが。いずれにせよ、理由もなしに、こちらをあとにのこしていくとは思えない」

ターツたちは起伏の向こうに姿を消したが、ふたたびあらわれた。どうやら方向を変えたらしく、もはや、泉があるはずの場所には向かわないようすだ。そこからずっと左にはずれたところを通っていくようだった。

いま、ターツたちが通っているのは、平坦な場所ではなさそうだ。低くなったところにたびたび姿を消し、最後には見えなくなった。しだいに見晴らしもきかなくなり、ゆっくりと夕闇がおりてきた。

「かれらはこのまま進んでいけば、泉から一キロメートル南の、森におおわれた丘に達するだろう」マラガンはいった。「そこなら安全だ。それまで風ギンチャクに気づかれなければ、なおのこと。もし気づかれたとしても、ロルドスは早めに手を打つだろう」

「よくわからんな」ファドンはいらだたしげにいった。

「わたしにはわかるわ」スカウティが口をはさんだ。「ロルドスは約束の合図を送ることでわたしたちに罠をしかけて、風ギンチャクをこちらに向かわせるつもりなのよ」

「ま、そんなところだ」マラガンは賛意をしめした。「だが、われわれはかれの計画をつぶしてやる。さ、出発だ！」

「いますぐに？」いつもは、のみこみの悪いほうでもないファドンが、驚いて訊いた。

「どうしたのよ、ブレザー！」スカウティはブラスターの発射準備をととのえた。「サーフォの意図では、わたしたちはターツと同じ道をたどり、ロルドスの合図は無視するのよ。そうなんでしょう、サーフォ？」

「そのとおり！」マラガンは認めた。

夕闇のなか、道を間違えずに進むのは容易ではなかったが、地平線の真上で輝く明るい星に助けられた。だれもその名を知らない星のずっと右のほうに、泉があるはず。風ギンチャクの姿はもう見えないが、夜には飛ばないという話を、かれらは本気で信じているわけではなかった。自分たちを油断させるためにターツがついた嘘かもしれないから。

はるか前方、星と泉のあいだあたりで、エネルギー・ビームが三度、光った。

「思ったとおりだ」マラガンはなかば満足げにうなった。「いま、かれらはまさに、われわれがいると思っている方向に風ギンチャクを誘いだした。すぐにも、その徴候があらわれるだろう……ほら、もうやってきた！」

エネルギー・ビーム三発が夜空にまっすぐ打ちあげられた場所は、ベッチデ人たちが待機しているとターツたちが思っている位置から見ると、まさに泉の手前になる。だがそのとき、三人は南に向かって、すでに道のりのなかば以上を進んでいた。

その後もビームの音がつづき、いまなお飛行中の風ギンチャクを、ターツが攻撃しているのは明らかだった。

「ある意味でわれわれは、ふたつの攻撃のあいだに迷いこんだようなものだ」マラガンはいった。「一方にターツ、もう一方に風ギンチャク。ロルドスはうまいことを思いついたな。だが、充分にうまいとはいえない。われわれがふいに背後からあらわれたら、目をまるくするだろう」

「そうなって当然よ」スカウティはよろこんだ。

すでに衛星シムロルが昇り、充分な光を注いでいたので、近辺はよく見分けがついた。森林におおわれた丘の輪郭もますます鮮明さを増し、地平線を背景にきわだって見えた。最後にはターツのエネルギー・ビームも回数が減り、三人は方角を見失わずにすんだ。

丘の麓《ふもと》でベッチデ人たちは北に曲がり、南側から泉に近づいていった。ファドンはスカウティにしっかりつかまっていた。絶え間なく空を見あげていたので、地面の凹凸《おうとつ》に注意をはらうことができなかったからだ。だが、風ギンチャクは姿を見せなかった。ロルドスたちのいる低地のはずれについた。樹木の影がぼんやりと見え、そのあと、炎の揺らめきも見えた。たったいま、火がつけられたのだ。

「ターツ五体しか見えないわ」スカウティが、まだ昼間のぬくもりののこる砂に腹這いになり、野営地を観察していった。「ひとりは見張りについているのかしら？」

たしかに、火をかこんでいるのは五体だけだった。風ギンチャクの危険は去ったようだ。マラガンはターツたちが泉のほとりにとどまるつもりらしいことに驚いた。夜明けには、風ギンチャクが攻撃を再開するだろうに。

それとも、違うのか？

「われわれは、ここにいよう。ひとりが見張りに立ち、ターツが出発したら起こすのだ。そのあと、かれらのあとを追い、われわれを見殺しにするつもりなのかどうかを見きわめる。こちらが風ギンチャクの攻撃を回避したことも予想しているかもしれない。われわれが発砲しなかったから。ロルドスの第二の計画は、われわれを見捨てることだろう。そうなれば、こちらは死んだも同然だ。ステーションがどこにあるのかさえ知らないのだからな」

「ロルドスに文句をつけてやる」ファドンはいいはなった。だが、マラガンはいった。

「やめておけ！　こちらがかれのもくろみに気づいているのを知ったら、きっとべつの手を打ってくる。すべてを事故に見せかける必要があるという条件は、われわれにとっては幸運なんだ。でなければ、チェルタイトリンにとっては命とりになるから……すくなくとも、あの指揮官はそう思っている」

「最初の見張りは、わたしがひきうけるわ」スカウティが申しでた。

＊

二時間後、マラガンが交代した。

「かれらは焚き火をかなり弱くしているわ。見張りの交代のようなものもなかった」スカウティは報告した。「そもそも、まったく動きがないの」

マラガンは疑念が裏づけられたと思った。衛星は雲のうしろにかくれ、すっかり暗くなっていた。マラガンは火をかこんでいるターツたちの影を見分けようとしたが、むだだった。

「ブレザーを起こしてくれ、スカウティ。水を汲みにいく」

「いま？」

「絶好のチャンスだ。ターツたちは出発したということ。風ギンチャクが夜は飛ばないというのは本当らしい。朝になったら、われわれは森にはいる。そこなら安全だ。ターッたちの足跡は見つかるだろう。ロルドスのいいわけを聞くのが待ち遠しい」

ほとんど消えかけている赤いのこり火のおかげで、方角も見当がついた。それでも、泉に到着するまで半時間はかかった。マラガンの推測はあたっていた。ターッたちの姿は消えていた。

三人はたっぷり水を飲み、予備の水筒も満たした。短い相談のあと、丘に向かうと決め、森のはずれで夜明けを待つことにした。それには利点がふたつあった。第一に、そこならターッたちの足跡を見つけやすい。第二に、風ギンチャクがあらわれても、すばやく身の安全をはかれる。

さいわいにも雲がすこし晴れ、もう、それほど暗くはなかった。マラガンが真西だと思うほうへ早足で進んでいく。しだいに登りになり、最初の木立までできたとき、三人は足をとめた。草はすこし湿って、冷たかった。火は焚かずに、かれらはいっしょに草の上に転がり、たちまち深い眠りに落ちた。

夜警はしなかった。あとすこしで夜が明けるだろう。

＊

ガロストが強く反対したにもかかわらず、ターッたちは焚き火を弱くしたまま、西に向かって出発した。ベッチデ人を致命的な罠にかけるための陽動作戦によって、ターツ一体が犠牲になっていた。風ギンチャクが背後から飛んできて、花弁をかぶせたのだ。「かもしかしたら、ハルコトはまだ生きているかもしれない」ガロストが指摘した。「かれを置きざりにして出発することはできない！」

「わたしはかれの断末魔の叫びを聞いたのだ、ガロスト。ともかく、われわれには任務がある。これは、自分たちの手を汚さずに任務を遂行できる絶好の機会なんだ」と、ロルドス。

ターツたちは夜の時間を半分使って前進し、数時間の睡眠をとった。夜明け前にはふたたび西に進み、ついに丘の麓に到着した。目の前にはふたたびスカルナグ砂漠が、遠い地平線まではてしなくつづいていた。

ターツ一体が木に登って、東のほうを振りかえった。泉の近くに二、三体の風ギンチャクが漂っている。ベッチデ人の姿はどこにも見えなかった。

「先に進め！」ロルドスがせっついた。「あとひと晩で、ステーションにつく。もしかしたら通信機がのこされているかもしれない。そうしたら、チェルタイトリンに報告する。あそこなら迎えにきてもらえるだろう」

かれらは黙って動きはじめた。道はくだりになり、森の木々がまばらになってきて、ついにはなくなった。

そのあとは、ふたたび砂ばかりとなった。

＊

ベッチデ人三人はターッたちの足跡をすぐに見つけ、そのあとをたどっていった。ターッたちに遅れること二、三時間で、三人も丘の麓についた。

「下にかれらがいるわ」スカウティはいうと、目の前にひろがる砂漠をさししめした。「そう遠くまでは行っていないのね」

「たしかに……五体しかいない！」ファドンは数えた。

「ぐずぐずいわずに、先を急ごう」マラガンが注意した。「できれば、われわれは視界の外にいたほうがいい。わたしは今夜、焚き火をかこんでいるロルドスに不意打ちをかけたいのだ。もしかしたら、こんどこそ白状するかもしれない」

砂漠にのこされた足跡を追っていくのはむずかしくなかった。見られていないか、つねに注意をはらわなければならなかったが、丘からはなめらかで平坦な風景に見えても、かくれ場になるような割れ目がいくつもあった。

ベッチデ人はしだいに遅れをとりもどした。ターッたちはとくに急いでいるようでもなかったからだ。

昼になり、午後になり、ついに恒星が地平線の向こうに沈んだ。ターッたちは起伏のかげに姿を消し、もうあらわれなかった。どうやら、そこで夜を明かすつもりらしい。

マラガンは足を速めた。

「火を焚く手助けをしたら、かれらはびっくりするだろうな」と、ひどく満足げにいう。とはいえ、日ざかりのなかを前進してきたので、疲労困憊《こんぱい》していたが。「なによりもロルドスから目をはなすな。最初の瞬間が肝心だ」

かれらはターツたちが姿を消した場所に近づいていった。スカウティがいった。

「たちのぼっているのは煙じゃないわ。むしろ、砂のように見える。まるで起伏の向こうに、竜巻のようなものが暴れまわっているみたいよ」

はじめのうちは薄い砂埃のヴェールにすぎなかったものが、いま、まぎれもない噴砂となって噴きあがり、ふたたび地面に崩れおちた。それ以上は見えない。すでに日が暮れていたからだ。

かれらは足を速めたが、切りたった斜面のはしまできて、急に立ちどまった。ふだんはかなり平坦な土地に、自然の力で正真正銘の階段がつくられていた。その位置からは、かなり遠くまで見わたすことができた。地平線上の黒っぽい点も。

あれが無人のステーションか？

だが、三人があっけにとられたのは、それとはまったくべつのものだった。砂間欠泉が七本ないし八本、高みに向かって垂直に砂を噴きあげていたのだ。それにより、大きいクレーター状の穴ができている。とくべつ危険でも致命的でもない印象だったが、ターツたちは砂柱のあいだをあてずっぽうによろめき歩き、身をかくす場所をむなしく探していた。

マラガンは目を凝《こ》らし、巨大なサソリに似た生物が砂の漏斗のなかにいて、獲物を狙っているのに気づいた。大きいはさみを持っており、マラガンはこの生物がどれほど致命的な危険を有しているかを悟った。

ロルドスは両手で目をおおっていたので、サソリのいる漏斗のひとつに向かって、よろめきつつ近づいていることに気づいていない。

マラガンは駆けだし、斜面を滑りおりた。崩れる砂に阻《はば》まれながらも、巧みに噴砂をよけて通り、最後の瞬間にロルドスを漏斗の縁からひきはなした。ロルドスは二、三歩走り、地面に倒れこんだ。

周囲を見まわすと、サソリ数匹が足場を確保し、すぐさま攻撃を開始してきた。マラガンはブラスターをとりだし、ひろい扇状のエネルギー・ビームを浴びせる。サソリたちは即死した。もはやほかに敵がいないことを確信してから、かれはロルドスの面倒を見た。

ロルドスは充血した目をおずおずと開けた。まぶしげにマラガンを見たが、だれなのか、すぐにはわからないようすだった。マラガンが、ほかのターツを助けて砂の漏斗からひきはなそうとしているベッチデ人仲間のほうに走っていくのを見て、はじめてロルドスの頑丈なからだに衝撃がはしった。

「あなただったのか？　こんなはずではなかったのに」ロルドスはいい、目をぬぐった。いまになってようやく、自分がどれほどの危険に直面していたかを悟ったようだ。「ドート噴砂……！　これは予想していなかった。あなたたちのおかげで命びろいした」

「われわれ、友じゃないのか？」マラガンはそういい、ロルドスの反応を観察した。

ロルドスがはげしくおのれと戦っているさまが、はっきりと見てとれた。かれはまだ砂の上に横たわっていたが、目の赤みはかなり薄らぎ、ふたたび、はっきりと見えているようだ。

「もちろんだとも！　われわれ、友だ」ついにかれはいった。「だれにでも間違いはあるもの」

マラガンはさらに質問した。

「なぜ、あんたたちは、われわれが到着する前に、泉から立ちさったのだ？」

「風ギンチャクが奇襲をしかけ、仲間一体を殺したのだ。それで逃げたが、あなたたちがあとから追ってくるよう願っていた。そういうことだ」

まだロルドスは嘘をついている。だが、それも変わるだろう。いま真実を認めるのは、かなりつらいことなのだろう、と、マラガンは推しはかった。白状するまでには時間が必要なのだ。だが、さしあたり、くりかえし裏切られる危険は追いはらわれた。

ほかのターッたちもぶじで、元気をとりもどしはじめた。砂間欠泉は勢いを弱め、すっかり涸《か》れてしまった。さいわいにも空には雲ひとつない。衛星が不気味な光を投げかけている。

「サソリは夜には襲ってこない」ロルドスはきっぱりいった。「だが、昼間は風ギンチャクやカーセルローテンや白ミミズよりたちが悪い。電磁気を帯びた尾で、砂を間欠泉に変えるのだ。それにより目の見えなくなった者は、よろめいて漏斗のなかに落ち……」

それ以上、話す必要はなかった。

その夜は薪がなく、焚き火はできなかった。

寒さはきびしかった。ベッチデ人三人はぴったりとよりそい、たがいに温めあった。

明日には、無人のステーションにつくだろう。

5

その夜はぶじに過ぎていった。サーフォ・マラガンはよけいな防衛手段をとらず、ターツからいわれたときは、みずから見張りに立った。今夜はなにも起きないと確信している。しごく当然のことだが。

充分な休養をとった一行は、めざすステーションが地平線上に見えてきたこともあり、昼間は足早に進んでいった。午後の早い時間には、ステーションの周囲にめぐらされた柵もはっきり見分けられるようになり、ついに目的地についた。

ステーションは破壊されていなかった。この臨時拠点を捜索コマンドが探しまわった形跡はあったが、さいわい、備蓄の食糧には手がつけられていず、水も充分あった。

だが、調査隊が通信機を持ちさっていたので、ロルドスはチェルタイトリンに連絡をとることはできなかった。

ロルドスは、明日までここで休憩をとろうと提案した。チェルタイトリンがふたたび捜索部隊を送りこんできたら、まずステーションを点検するだろうから、そのほうがいいとほのめかした。

筋の通った提案ではあり、反対する理由もなかったので、マラガンは同意した。休養をとれば気分も爽快になるだろうし、柵の内側であれば、ある程度は安全に思えた。

そのあと、ロルドスとともにステーションを見まわっていたとき……すでに薄暗くなっていたが……マラガンはまたもターッの不安定な気分を感じとった。だが、これまでと違う種類の不安定さだということもわかった。かれらはわずか数十センチメートルしかない高さの丘に立ち、日没によって空がまだ色づいている西のほうを見た。柵は高くなく、かんたんに乗りこえることができそうだ。

「あさってには山に到達する。そのあと、ヤンディリにある本部まではすぐだ」ロルドスはいった。声がすこし震えていた。「三日後にはつく」

マラガンは攻勢に出てみようと決心した。

「チェルタイトリンはなんというだろう？」と、しずかに訊いた。

ロルドスはかれをちらりと見たが、そのあとは、ふたたび西を見ていた。

「不満に思うだろうな」と、ロルドスはそれだけ答えた。

「あんたが任務をはたさなかったからか？」

ロルドスはまたも、おちつきのない目をして、

「そう、任務をはたさなかったからだ。ステーションの調査隊を発見できなかった」

ロルドスにはまだ真実を明かす勇気がないらしい。

マラガンは粘った。

「もうひとつ、任務があったんじゃないのか、ロルドス？　きわめて特殊な任務が？」

沈黙がおりる。

西の地平線上では、空が急速に暗くなってきた。スカルナグ砂漠とダロク低地の境をなす山脈の輪郭が、はっきりと浮きあがって見えた。

「どんな任務だ？」しまいにロルドスは訊いた。

「われわれを事故に見せかけて殺せという、チェルタイトリンからの任務だ。もうずっと前から知っていた。なぜ、率直に話さなかったのだ？　なぜまだかくれんぼをつづける？　われわれはたびたび、命を救いあってきたじゃないか。それとも、あんたは、そのことを否定するのか？」

「いや、そんなことはできない。だが、チェルタイトリンが服従すべきわが上司であることを忘れないでくれ。あなたたちが生還したら、かれはわたしの責任を問うだろう」

「われわれが逃げ道を見つけよう、ロルドス」

「でも、どんな？　自分たちの意志で死ぬつもりか？」

「ひとつの状況から逃げだす道は、つねにいくつかあるものだ。たがいに秘密を持たなくなったいま、ともに解決策を見つけようじゃないか。わたしを信頼するか？」

ロルドスはすでに四つん這いになっていた。この姿勢のほうが、うしろ足で立っているよりも楽であるらしかった。

「あなたのことは最初の日から信頼していた。だが、チェルタイトリンの命令のほうが強かった。暗殺計画がすべて失敗に終わったいま、わたしはうれしい。それでも、気がめいっている。チェルタイトリンはあなたと仲間を公国のスパイだと思いこんで、消したがっているのだ」

「でも、いったいなぜ？　かれはなにかかくしたいことがあるのか？　クラトカン基地はなにも問題がなく、公国にたいして忠実なのに。それとも、そうではないのか？」

「もちろん、忠実だとも！」ロルドスはむきになり、早口でいいはった。

「そらみろ！　じゃ、どうしてだ？」

「それについては話せない」ロルドスはいった。「いまはまだ」

「だが、あとになれば話してくれるな？」マラガンは期待をいだいた。

「そうすることが必要になってくると思う」ロルドスは用心深く、ほのめかした。

きょうのところは、これで満足しなければならないとマラガンは思った。そうでなくても、願っていた以上の収穫があったのだ。あとは、なぜチェルタイトリンが自分たち三人を抹殺したがっているのか、なぜ公国にたいして不安をいだいているのか、つきとめるだけのこと。

「さ、寝る時間だ」ロルドスは長い沈黙のあとで、いった。

ふたりはゆっくりと、ステーションにもどっていった。

＊

次の日、マラガンはガロストといっしょに、もう一度ステーションをすみからすみまで調べた。調査隊が跡形もなく姿を消した秘密を解きあかすヒントになるものが、どこかにあるだろうと、ふたりとも確信していた。

「ひっきりなしに吹きつける風が、調査隊の使った乗り物のシュプールをかきけしてしまった」臨時拠点の建物をくまなく調べおえたあと、ガロストはいった。ステーションといっても実際は、上等な山小屋にすぎないが、身をかくすにはいい場所だった。「でも、外でヒントが見つかるかもしれない。なぜ、かれらが本部に連絡もせず、ステーションをあとにしたのか、そのわけがわかってさえいれば、かんたんなのだが」

「チェルタイトリンにもわからなかったと見えるが」マラガンはそれとなく問いかけた。

「もちろん、かれにもわからなかった。通信連絡がなかったから。でも、なぜだろう？」

「たぶん、砂漠からの襲撃があったのだろう」

「それだけが原因だとは思えない。それに、救難信号がこないのも説明がつかない。とはいえ、調査隊がなんの痕跡ものこさずに姿を消したのは、これがはじめてではないのも事実だが」

マラガンはあからさまな質問をすることに決めた。

「なぜ、チェルタイトリンはわれわれに不安をいだいているのだろう、ガロスト？　なぜ、われわれを殺すようにと、あんたたちに命じたのだ？　率直に話してもかまわない。ロルドスからも聞いた。だが、ロルドスも理由までは知らないようだった」

ガロストは明らかに驚いたようだったが、すぐに冷静さをとりもどした。

「命令をうけたのはたしかだ。だが、わたしにも理由はわからない。ただわかっているのは、指揮官があなたたちを、公爵の全権大使かつ助言者だと思っていることだけだ。それが本当なら、なおさら意図がわからない」

「たしかに筋が通らない……もし、チェルタイトリンが公国に忠誠を誓っているのだとすれば。どうやら、そうではなさそうだな」

ガロストはこの可能性について考えたことがなかったらしく、はっとしていた。ふたたび口を開いたとき、いつもは無表情なかれの目が奇妙な輝きを見せた。

「それはとんでもない憶測だ。たとえ筋が通っていて、多くのことが説明できるにしても。クランは遠く、われわれとの結びつきも弱い。だが、もし、あなたたちがクランからの特別の任務を負っているのなら、正体をかくす必要はなかったはず。それに、あなたたちがきたときのおかしな状況を考えると、どう見ても、公式訪問のようではなかった」

「そのとおりだ。公式訪問ではない」マラガンは認めた。「だが、チェルタイトリンはそのことも、われわれの計画の一部だと考えた。うしろめたい気持ちがあるため、いたるところにスパイの存在を嗅《か》ぎつけるのだ。なぜだろう？　すべての謎を解きあかすには、この問いにたいする答えを見つけなければならない」

ガロストはためらいがちに、上体を前後に揺すった。

「あなたは気楽な立場だ。いつか機会を見つけて、この惑星から去るのだからな。だが、ロルドスもわたしもほかの仲間たちも……ここにとどまらなければならない。チェルタイトリンはもし計画が失敗に終わったら、失望と怒りをわれわれにぶちまけるだろう」

「心配無用だ、ガロスト。指揮官の目から見たら、あんたたちに落ち度はない。それに、われわれがチェルタイトリンの行動の本当の動機を知ったら、おそらく、かれはもっとも長くクラトカンの指揮官をつとめた男だったということになるだろう」

ガロストはなんの感想も述べなかった。

ステーションからの叫び声に、かれらの対話は中断された。騒動の理由はすぐにわかった。風ギンチャクが柵をこえ、犠牲となる生物を見つけようとしていたのだ。すくなくとも二ダースはいると思われる。

だが、飛び方が比較的ゆっくりしているうえに、攻撃を回避する動作がぎごちないので、動きのすばやいターツとベッチデ人にとっては楽な獲物だった。さらに、この奇妙な生物は、かくれ場の小屋に逃げこんだ者たちを追ってくることができなかった。そこから潰滅的なエネルギー・ビームが発射されたからだ。

マラガンはこの出来ごとを〝おぞましくも美しい〟と表現するしかなかった。優美な印象の風ギンチャクを枯死させることにたいして、たんに残念だという以上の気持ちをいだいている。大量殺戮は自分たちの生命を守るためにやむをえなかったが、そこから逃れていった風ギンチャクもいたことを、マラガンはよろこんだ。

午後遅く、こんどはカーセルローテンが、まるで風ギンチャクとしめしあわせたかのようにやってきた。風ギンチャクと違い、カーセルローテンは〝美しく〟も優美でもない。この棘植物はあっという間に低い柵を跳びこえ、発射されるブラスターのエネルギー・ビームを避けようと転がりながら、身をかくす場所を探した。ステーションには充分なかくれ場があったため、侵入者を完全に除去するまで、たっぷり二時間かかった。それでも、夜間にカーセルローテンがあらためて攻撃をしかけてくる危険はあった。

一行はロルドスのすすめで、安全を期するためにドアをしっかり閉めて眠った。

＊

翌日、西のほうへと三時間たらず前進したとき、ロルドスがいきなり立ちどまった。いっしんに前方を見つめている。そこには、ところどころに車輛三両のシュプールが見てとれた。シュプールがいきなり北に向かってカーブを描いている。

マラガンはその原因をつきとめようと目を凝らしたが、避けて通らなければならないような障害物は見つからなかった。砂漠はまれに見るほどたいらだった。

「色が！」ロルドスがいった。「違いがわかるか？」

そばに立っていたスカウティは、ためらいがちにいった。

「黒っぽいわ。ほんのすこしだけど。でも、かなりくっきりと砂の色が変わっている。まるで濡れているみたい。ひょっとして、水かしら？」

「違う！」ロルドスはいった。「色が黒っぽくなっている個所は、メンタル砂の明確な境界線をあらわす。これまでに、われわれが解明できていない自然現象だ」

「メンタル砂？」マラガンは念を押した。「それはなんなのだ？」

「前に進みながら説明しよう。このシュプールをたどっていくのだ。まもなく、シュプールはまた西に向かうだろう。ここで事故が起きたわけではない。起きていれば、乗り物の残骸や乗員が見つかるはず」

五百メートル先で、かれらはまた西に曲がることができた。

「それで？」マラガンはロルドスをうながした。「いったい、メンタル砂とはなんなのだ？」

ロルドスはスカウティにもファドンにも聞こえるように大声でいった。

「すこし黒っぽくなった砂を踏んだ者は、精神が錯乱し、ほかの生物をすべて仇敵《きゅうてき》と見なして殺しにかかるのだ。もし調査隊がこのメンタル砂に出くわしたのだとしたら、すでに全員が殺しあいをしたはず。あらかじめ注意することはできない。ささいな色の違いに気づく者はいないから。われわれだって、もし車輛三両のシュプールで危険に気づかなかったら、同じ目にあっていただろう。左のほうを見てみろ。ほかの砂との違いは、ほとんどわからない。まして、異人なら……」ロルドスはマラガンを意味ありげに見た。

「……なおのこと、気づかないだろう」

一行は黙りこくったまま前進した。遠く地平線上に、すでに山脈が見えてきた。その向こうがダロク低地だ。あと二日で到達するだろう。あるいは三日か。

一日じゅう前進し、夕暮れには砂漠のはずれまできた。最初はゆるやかな登りになっていたが、地面はしだいに湿りけを帯びてきた。最初に見えた岩と岩のあいだに植物が生えており、すっかり夜になるまでにはちいさな泉が見つかった。かれらはそのほとりで夜をすごそうと思った。

ベッチデ人とターツは寒さをしのぐだけのちいさな焚き火からはなれて、交互に見張りに立った。近くの山のシルエットにかくれ、西の星空は見えない。夜はふだんより暗かったが、しずかに平穏に過ぎていく。もはや危険は去ったと思われた。

ただ、マラガンが焚き火の明るさにじゃまされないほど遠くはなれて見張りに立ったとき、空にちいさい星がふたつ見えたと思った。それらは、ほかの星々のあいだを疾駆し、光をしだいに弱めながら、地平線の向こうに消えていった。

おそらくクラン艦二隻が、数百キロメートル上空を偵察中なのだろう。

＊

翌日、車輛のシュプールを見つけるのは、より困難だった。土地は登りになり、ますます岩が多くなってきた。ここでシュプールをのこすのは、戦車でもまず無理だっただろう。

目のいいガロストが先頭に立った。峠までの道が一本しかないため、かれの負担は軽減された。ところどころに目印があり、間違った道を通っていないことがわかった。

道は小道となったが、それでも、車輛が通るには充分な幅があった。右側の崖は切りたっている。深く切れこんだ峡谷に奔流が見えた。砂漠地帯に到達するまでには、地面にしみこんで消えてしまうのだが。

「まもなく峠だ」ロルドスがマラガンの問いに答えていった。「地図で思いだすかぎり、休憩をとるにはぴったりのちいさい台地があるはず。そのあと、道は平野までくだりになる。たぶん、クラトカンにあるもっとも高い塔のてっぺんも見ることができるだろう」

一行が峠についたときは、すでに暗くなっていた。

それでも、行方不明の調査隊が遭遇した大惨事の全体像を見すごすほどの暗さではなかった。

台地はまるで、大きい隕石が落下して岩床に噴火口のような巨大な穴をあけたかに見えた。探していた車輛三台の残骸がいたるところに散らばっている。

この災難にあって、生きのびた者はいなかったようだ。

マラガンはしばらく調べてから、居住まいを正した。

「これは隕石ではない」と、ショックをかくしきれないロルドスに向かっていった。「はっきりと火災と爆発の痕跡がある、ロルドス。ここで大爆発と、予見不可能なエネルギーの噴出があったのだ。実際、なにが起きたのだろう？」

ロルドスは岩の上にすわった。

「カニムール人の宙雷だ！　予想はしていた。警備艦隊の網に隙間を見つけたにちがいない。かれらの船がそこを突破して宙雷をしかけ、そのあと逃走したのだ」

ガロストの考えは違っていた。

「逃走したりすれば、ぜったいに気づかれる。だが、ここでのエネルギー噴出が確認されることはなかった。つまり、わたしの考えでは、カニムール人の船はまだクラトカンにとどまって、よりよい機会がくるのを待っている。逃走か……あるいは、さらなる破壊行為のために。われわれが次の攻撃対象でないことを願うばかりだ」

「われわれには乗り物がない」ロルドスはガロストをなだめた。「かれらの探知機は大きい金属物体を確認するが、それ以上のことはできない。あすになれば役にたつヒントが見つかるだろう。だから、計画どおり、ここで一夜を明かそう」

ガロストはロルドスの決定にかならずしも賛成ではなかったが、反対もしなかった。かれらは巨大な岩と岩のあいだに身をかくした。万一、カニムール人の攻撃に抵抗できなくても、そこなら、ある程度は防御できるだろう。岩にかこまれていると感じるだけでも、安心感をおぼえた。

その夜、星々は見えなかった。空が曇っていたからだ。

6

チェルタイトリンはますます窮地に追いこまれていった。

司令本部の一幹部将校が、事態は収拾されたとの報告書を持ってきた。カニムール人の船は、フェロイ星系近傍にはただの一隻もいない。

チェルタイトリンが報告書をうけとって、退去をうながすと、将校はいった。

「スカルナグ砂漠にあるステーションの部隊が行方不明になった件は、まだ解明されていませんね。ロルドスの捜索部隊も行方不明だとの報告がありました。この両方の事件をうけて、司令本部では、自然現象以上のなにか、あるいは、あっても不思議ではないさらなる危険が背後にひそんでいるのではないかと考えています。それゆえ、武器を用いてより徹底した捜索をおこなうべきかと」

チェルタイトリンは思った。将校たちに疑念をいだかせないためには、早晩、この進言をうけいれるほかはない。

「あと二日、待ってみようと思う」そう提案した。「そのあいだに、戦闘部隊を編成する。装甲グライダーを装備させよう。二部隊が跡形もなく消えるなど、ありえないことだ」

「われわれも同意見です。カニムール人が砂漠または山中に、ひそかに拠点を築くことに成功したのではないかとさえ考えています。それを見つけて破壊しなくては」

チェルタイトリンは同意した。カニムール人の拠点があるなど信じていないし、信じたくもなかったが。

「わかった。では、二日後に特務コマンドを召集する！　それまでに、クラトカンの封鎖を強化しなければならない。必要なことは、すべてとりおこなう」指揮官は将校に向かってうなずき、「いまのところは、以上だ」

ふたたびひとりになったチェルタイトリンは、自分の運命について不安に襲われた。苦境におちいったのが自分自身の策略のせいだとは、ぜったいに認めたくないが、ベッチデ人三人を抹殺しようと思ったのは早計だったかもしれない。かれにとって、疑うべき根拠を持つ者はだれもいなかった。ロルドスが秘密の計画をどの程度知っているのかも、確信がないのだから。

異人三人について、なにも心配する必要はなかったのだ。

だが、気づくのが遅すぎた。

いまとなっては、さらなる進展をとめようもない。だが、すくなくとも遅らせたかった。

もし可能ならば。

＊

翌日は、ふたたび日が照っていた。

出発してまもなく、ロルドスとならんで歩くサーフォ・マラガンにスカウティがくわわった。

「あるものが見えたの」スカウティはいった。不安げな声だった。「空の高いところに、ちっぽけな点が短くまたたいたのよ。わたしの目がいいことは、あなたも知っているわね、サーフォ。見まちがいだとは思わないわ。でも、説明がつかないの。ひょっとして、宇宙船かしら？」

ロルドスは真っ青な空を見あげて、いった。

「わたしにはなにも見えないが、もしそれが味方のロボット偵察船なら安心だ。われわれを見つけて、救援を送ってくるだろうから」

「もしや、カニムール人の自動制御スパイ機器ではないだろうか？」マラガンは心配そうに訊いた。「われわれを発見したのだ。ここにいることをカニムール人に気づかれた」

「かれらは誤った場所を探すだろう」ロルドスは自信たっぷりにいった。「峠の上のほうを」

マラガンは下のダロク低地をさししめした。

「足を速めよう。ヤンディリ川に早くつけば、それだけわれわれにとっては安全だ」

迫りくる危険を感じた一行は、足どりを速めた。

それから一時間後、背後で巨大な爆発が起きた。その直後、爆風によって、かれらは地面にひきたおされた。

峠が潰滅状態になっている。山の頂上は完全に吹きとんでいた。そのそばを道が通っていたのだが。これほどの大爆発なら、気づかれずにすむわけがなかった。最初の調査隊を全滅させた爆発の十倍もの強さがあったにちがいない。

全員が恐怖からたちなおると、ロルドスはいった。

「あれはカニムール人のロボット・スパイだ！　峠でわれわれを見つけたが、宙雷を見舞うのが遅すぎたのだな。これでわかった、ガロスト。カニムール人はわれわれの惑星に拠点を持っている。だが、おそらく無人の自動ステーションだ」

「探しにいこうじゃないか！」マラガンはやる気まんまんだった。

「拠点は峠からそう遠くない山中にあるにちがいない。時間の損失かもしれんが、もし見つけてスイッチを切ることに成功すれば、すごいことになるぞ。チェルタイトリンはわたしに文句のつけようがないだろう」ロルドスはいった。

「いい考えだ」マラガンは同意した。「だが、とっかかりがあれば、もっといいだろう。山頂の残骸をよく見てみろ、ロルドス。右のほうがより高い。つまり宙雷は右からななめ下方向に飛んできて、左の頂上に激突し、完全に爆破したのだ。そう考えると、カニムール人の拠点は峠の右手で見つかるだろう」

「でも、距離がわからない」ロルドスは用心深くいった。

「運まかせだ」マラガンは自信たっぷりにいった。

一行はふたたび山のほうへもどったが、いつなんどき、狡猾《こうかつ》なカニムール人の襲撃をうけるかわからないと覚悟していた。成功に危険はつきものだ。

正午近く、峠から七、八キロメートル南にある谷の切り通しについた。短い相談のあと、まず、ここを探すことに決めた。南斜面が浸食されていて、大きいかくれ場はなさそうに見えたからだ。

谷は山をつらぬいておらず、せまい窪地で終わっていた。その中央に巨大な岩が塔のようにそびえている。それでも、山よりはまだかなり下方にあった。比較的ちいさめの台地のすぐ下に、もうひとつ台地があり、出っぱった岩が空からの視界をさえぎっていた。

まさにその場所に、鈍く輝く金属製のドームが見えた。

「あれだ！」ロルドスはいうと、ほかの者たちといっしょにかくれ場にはいった。「谷から二百メートル上にある。どうやって行くんだ？」

「登ろう」ブレザー・ファドンは提案したものの、自信はなさそうだった。「まず、目だたぬように岩の麓まで行こう。あそこは死角だ。岩棚がたくさんあるから」

「ターッに登山の得意な者はひとりもいない」ロルドスはいった。

マラガンは納得した。

「ブレザーとわたしで、やってみる」

「じゃ、わたしはどうなるの？」スカウティが叫んだ。「キルクールでは、あなたたちより多く登ったわよ。それに、三人いるほうが、ふたりよりもいいわ」

仲間ふたりの反対も、彼女の気持ちを変えることはできなかった。

一行はまず全員で、用心しながら窪地中央の岩に近づいていった。ターッもベッチデ人も掩体《えんたい》をとりながら、拠点らしきものの〝背後〟にまわった。ここなら気づかれることもないだろう。そのあと足を速め、そそりたつ岩壁のそばまできた。

「ほら、わたしのいったとおりだ」ファドンが勝ち誇ったようにいった。「岩棚と裂け目は充分にある。これなら目が見えなくても登っていける」

「だが、用心が肝要だ。ザイルを持っていないのだから」マラガンは忠告し、スカウティに目をやった。「やはり、いっしょにくるつもりか？」

「愚問よ！」スカウティは短く答えると、登りはじめた。

マラガンとファドンはあとにつづいた。

＊

ターツ五体は下にいて、三人を目で追っていた。

「かれらが墜落したら」一体がいった。「われわれは任務を遂行したことになる」

ロルドスは右手で、かれを力いっぱいひっぱたいた。

「二度と、そんなことを考えるな」と、どなった。「これまでになにが起きたか、忘れたのか？」

そのあと、ターツたちはますますちいさくなっていく三人を見つめた。三人は下の台地まで道のりのなかば以上に達していた。

スカウティはつねに先頭だ。ひと休みして、マラガンとファドンを待っていた。

「たいしたことないわね、サーフォ？」

「だが、きつい、スカウティ」マラガンは下に目をやった。「どうした、ブレザー？　太りすぎて腹がじゃまじゃないのか？」

「自分の腹の心配をしろ」ファドンは息をはずませながら、岩棚のそばにいるふたりにならんだ。「あと五十メートルでつくが、そのあとはどうする？　未知の装置だし、はたして自動制御なのかどうかも不明だ」

「それもまもなく、わかるわ」スカウティはいうと、さらに登っていった。

ふたりは無言のまま、あとを追った。

台地のはしまでくると、三人は腹這いになり、鈍い光をはなつドーム屋根を見あげた。直径十メートルもない。なにかが動く気配はなかったが、その金属は、からだで感じられるほど危険な警告を発していた。

マラガンはベルトからブラスターをぬいた。

「これで充分かどうかはわからないが、狙いをさだめて集中攻撃を試みれば、うまくいくだろう。シュプールも宿舎もないところを見ると、要員がいないのはたしかだな。ステーションがあるだけだ。ちいさいドームだから、探知機、数機のロボット・スパイ、数個の宙雷が収容できるほどの大きさしかない。われわれは、このステーションを破壊する。それ以上は必要ない。まず、右側の支柱から……」

三人は台地のはしで腹這いになったままでいた。爆発が起きるのを予想していたからだ。マラガンが命じ、三人は同時に右の支柱に向かって発射した。支柱はあっという間にまんなかが溶けはじめ、折れ曲がった。

七本ある支柱のうち四本が壊れたとき、ついにドーム屋根が揺らぎ、のこる三本の支柱をひきずりながら、横滑りした。そこで偶然、ゆるんだ岩石に乗りあげてさらに転がり、台地の縁まで行くと、ゆっくりとかたむき……墜落した。

マラガンは下をのぞきこんだ。ドームはターッたちからすこしはなれたところにぶつかり、かれらを危険にさらすことはなかった。何秒かあと、衝突音が聞こえてきたが、爆発にはいたらなかった。おそらく、もう宙雷はなかったのだろう。

おりるのはすこし長くかかった。ベッチデ人三人は、ふたたびかたい地面に足をつけたことをよろこんだ。すこし息を切らしながら、かれらはターッたちから、賞讃の言葉をうけた。

＊

暗くなって、遠く地平線上に基地のいちばん高い建物が見えてくる前に、ロルドスがふいに立ちどまり、ななめ上を指さした。

「グライダーだ！　戦闘グライダーだ」

五つの黒い点が編隊を組んで近づき、たちまち大きくなってきた。大きく弧を描いて、着陸にかかった。

一瞬、マラガンはパニックにおちいった。この部隊が、ロルドスが達成できなかった任務をチェルタイトリンからひきうけてきたのだとしたら、見通しは暗い。だが、指揮官がそこまでリスクを冒すとは、マラガンには思えなかった。

ちに挨拶した。

乗員はクラン人とターッだった。近づいてくると、行方不明になっていたロルドスたちに挨拶した。

ロルドスは自分たちがカニムール人のステーションを破壊したこと、および、行方不明となっていたステーションの調査隊員たちの最期について、興奮ぎみに報告した。

部隊の隊長にとっては、いい知らせと悪い知らせを同時にうけることになった。いくつかの問答を注意深く聞いていたマラガンは、この隊長がチェルタイトリンのひそかなもくろみに気づいていないとわかった。行方不明のターッとベッチデ人がぶじに見つかったことをよろこんでいる。たぶん、報奨を期待しているのだろう。

「司令本部に報告し、クラトカンまで飛行する」隊長はいった。「チェルタイトリンは、詳細な報告が早く聞きたいだろう。ちなみに、われわれはかなり前から、カニムール人の船が警戒網を突破して、着陸したのではないかと疑っていた。そのさい、自動ステーションを設置し、気づかれずに逃げおおせたのだな」

ロルドスは仲間四体と別れて、ベッチデ人三人といっしょに戦闘グライダーに乗りこんだ。

「わたしは新しい命令がくだるまで、あなたたちの宿舎にとどまる」ロルドスはマラガンにいった。その声から、はっきりと不快感が聞きとれた。「チェルタイトリンはあなたたちが生存していて……英雄になったことも知っている。これ以上、あなたたちになにかをしかけることはないと思うが」

「不安と絶望は理性を萎えさせるからな」ファドンがかれ流の格言をつぶやいた。「今後は、これまで以上に用心深くならなくては。なによりも、われわれは、宇宙船の心配をしなければならない。クランに向かうのだから」

「クランに〝帰る〟のでは……？」ロルドスは突然、不信感をこめて、ためらいながら訊いた。

マラガンはかれをなだめた。

「われわれは、いまだかつて惑星クランにいったことがないといったじゃないか。クランの座標さえ知らないのだ」

ロルドスの表情から、マラガンの言葉を信じていることがわかった。

グライダーは肥沃な低地の上を低空飛行していった。鬱蒼たる森林、耕作された農地、ヤンディリ川が見える。だが、耕作機を使用する者が必要とする宿舎のほかには、家はほとんど見あたらなかった。

それから、基地が見えてきた……堂々たる眺めだと、マラガンは認めないわけにはいかなかった。船でいっぱいの宇宙港は修理工廠と倉庫にかこまれており、開かれた巨大ハッチからは、地下に設置された格納庫が見える。宇宙港と本来の市街のあいだには、通商派遣団用の低層の建物や、科学研究施設があった。ヤンディリ川にかかる数本の橋は、それ自体が壮大な建造物で、浮遊道路と住居が付随していた。

戦闘グライダーのうち四機は着陸床に向かったが、ベッチデ人とロルドスを乗せた機はヤンディリ川の岸に着陸し、乗客たちを降ろした。

ロルドスは三人がもとの部屋に泊まれるようにし、入浴と食事の面倒をみた。そのあと、全員で集まった。外では黄色恒星が地平線に接し、日が暮れかけていた。

「チェルタイトリンはまったく連絡してこない」ロルドスは驚いていた。「要請のあったときしか、わたしがかれのところに行かないことを知っているのに……これは、どんなときにも守らなければならない服務規程だ。きょうのうちに呼びだされるだろう」

「あなたがここにいることを、かれは知っているの？」スカウティが訊いた。

「捜索部隊の隊長が報告した」

やがて、疲労がおもてに出てきた。骨の折れる何日かをすごした結果だ。チェルタイトリンがその日じゅうにかれらの証言を得ようとしても、うまくはいかなかっただろう。ただロルドスだけは、しかるべき要請があればしたがわなければならないと断言した。また、その場合には、チェルタイトリンにたいして、ベッチデ人のことを弁護すると約束した。

かれらはほっとして、それぞれの部屋にひきあげた。

クラン人のドランピエルはチェルタイトリンと同じく将校で、指揮官代行だ。ふたりが友人関係にないのは、ほぼ同じ階級にある者どうしの嫉妬からだけではなく、それぞれが無意識のうちにいだいている嫌悪感のせいでもあった。

どちらも相手をひそかに観察していた。そのため、ドランピエルはある時期から漠とした疑惑をいだきはじめていた。だが、それを証明することはできなかった。ときどきチェルタイトリンが艦隊の艦長たちとかわす言葉から、ますます疑いを強めたが、具体的な材料をつかめずにいた。

それでも、クラトカン基地の指揮官であるチェルタイトリンが、公爵たちの念頭にはない行動を計画しているのは、たしかであるように思えた。

だが、どんな計画だろう?

ドランピエルは頭を悩ませたが、むだだった。それでも、ことの真相をみきわめようと決心していた。もしかしたら、いつかチェルタイトリンが解任され、自分がとってかわるチャンスがめぐってくるかもしれない。

チェルタイトリンがロルドスの捜索部隊に異人三人をくわえたことは、ドランピエルの目にも奇異にうつった。慣例と規定に反するから。だが、指揮官というのは規定をいともたやすく無視することができる。いずれにせよ、チェルタイトリンはそれによって、特定の目的を追求しているにちがいなかった。

ロルドスにたずねても、意味はない。かれはチェルタイトリンに忠誠を誓っている。この奇妙な行動の背後になにかがかくされていても、沈黙を守るだろう。

ロルドスは帰還し、ターツ三体が死んだ。だが、もし異人三人が命を落としていたとしても、ドランピエルは驚かなかっただろう。自分の論理の一部が裏書きされることになるから。

ここまで考えてきて、ドランピエルははっとした。

異人三人のかわりにターツ三体が死んだことには、まだ解明されていない事情があるのではなかろうか？

かれはまだ詳細を知らなかった。知りえたのはただ、捜索部隊がカニムール人のステーションを見つけて破壊することに成功したということだけ。賞讃に値《あたい》する英雄的行為である。そして、おそらく、チェルタイトリンの思惑に合致しない行為だ……もし、自分の推測があたっているとしたら。

はじめて、裏切りという考えが頭に浮かんだ……ドランピエルはぎょっとした。

クラトカン基地は致命的な危険に追いこまれているのではないだろうか？

ドランピエルはこの夜、決心をかためた。偶然に助けられるまで待つのではなく、行動にうつそうと。

あすには実行するのだ。

*

チェルタイトリンは長いあいだ、ためらっていたが、真夜中のすこし前、情報センター経由でロルドスに連絡した。半時間後に話をしたいと。

デスクに向かいながら、さまざまな思いに苦しめられた。はっきりしたことがまるでわからない。ロルドスが命令どおりに事故をよそおえなかったことが理解できなかった。スカルナグ砂漠ほど、それに適した場所はなかったはずなのに。

ロルドスがあらわれたとき、チェルタイトリンはぎょっとした。

ロルドスは軽く会釈しただけで、すすめられもしないのに椅子にすわったのだ……指揮官の目から見れば、無礼千万だった。だが、チェルタイトリンは前代未聞のその行為を見逃すことにした。

「報告を！」短くそれだけいい、大きい権力を持つ者の優越性をしめした。

ロルドスはほぼ事実どおりに、ベッチデ人三人の並はずれた器用さと聡明さを強調した。かれらはどんな罠も回避したばかりでなく、ターツたちの命も救った、と。とくに敵のステーションを破壊したさいのことを長々と話し、こう締めくくった。

「とにかく、かれらを事故に見せかけて殺すのは、とうてい無理でした、チェルタイトリン。むしろ、自分たちの手でやるしかなかったかもしれませんが、それでは、あなたの意に反することになります。そういうわけで、命令を遂行できなかったことを、理解していただきたいのです」

「いや、理解などするものか！」チェルタイトリンは自制をかなぐりすてて、ロルドスをどなりつけた。「命令を遂行することにどういう意味があったのか、きみは判断することもできないだろう。いずれにしても、きみはわたしの信頼を失ったのだ、ロルドス。どんな処罰をあたえるか、じっくりと考える。カニムール人との戦闘における最前線に投入するかもしれない。そうすれば、厄介ごとはおのずと解決するだろう」

もしそのような立場に追いこまれたら、死刑に処せられたも同然だとロルドスは思った。だが、萎縮してはいなかった。

「わたしを脅すと、ろくなことになりませんよ、チェルタイトリン」

チェルタイトリンはびくりとした。指揮官に向かってこのような態度をとるとは、ほとんど反乱にひとしい。だが、用心しなければならないことも同時に理解した。ロルドスはこれまで沈黙を守ることでチェルタイトリンに協力してきたが、こんどは処罰を甘受することによって、損害をあたえるつもりかもしれない。

「本気でいっているのか？　噂を流す前に、きみは消えることになるぞ。だが、それはさておき、ロルドス。わたしときみが争う理由はないじゃないか？　あの異人三人をかたづけるいい機会は、そのうち訪れるだろう」

「かれらは公爵の全権大使ではありません！」

「どうして、それがわかる？」

「かれら自身がそう話したからです」

チェルタイトリンはげらげら笑った。

「で、きみは信じたのか？　おろか者だな、ロルドス！」

「おろかなのは、あなたのほうかもしれませんよ。自分で自分の計画を危険にさらし、早まった行動に出たからです」

チェルタイトリンは油断のない目つきをした。

「わたしの計画について、なにを知っているのだ？」

「なにもかも充分に知っています」

チェルタイトリンは黙って、暗い目で前方を見つめた。ロルドスに死んでもらわなければならないのは明らかだ。だとすれば、みずからの手で殺さなければならない。だが、生きのびたほかのターツたちのことはどうするのだ？　なにをどの程度、かれらは知っているのだろう？　いずれにせよ、かれらもチェルタイトリンの腹心の部下たちであり、殺人計画については知っている。

チェルタイトリンは自分のしかけた罠に、ますますはまりこんでいくのを予感した。時間稼ぎをしなければならない。

「いいだろう。あすになったら、この件についてもう一度、話そう。わたしのいったことについて、あれこれ考えるな。前線への配属というのは、ただの冗談だ。もう行っていい」

ロルドスは立ちあがり、ドアまで行くと、そこで振り向き、黙って会釈して部屋を出ていった。

チェルタイトリンは物思いにふけるあまり、ロルドスに会釈を返すこともしなかった。それゆえ、デスクに向けたロルドスの最後の視線にも気づかなかったのは、不思議ではなかった。

*

翌朝、朝食前にロルドスはベッチデ人三人を訪ねた。チェルタイトリンと前の夜に会話したことを話し、

「指揮官の眼中には殺人のことしかない。いまや、わたしの命も、あなたたちの命と同じように脅かされている。まったくばかげたやり方だ。だれもかれのひそかな計画をじゃましようとはしていないのに。とくに、あなたたちは」

マラガンはロルドスの肩に手を置いた。

「そろそろ、かれの秘密計画の一端を明かしてくれてもいいときではないのか？　それによって、すべてのことが、よりよく理解できるようになるだろう。あんたは砂漠で約束したじゃないか。潮時がきたと思うが、どうだ？」

「チェルタイトリンは脱走を計画しているのだ」ロルドスはいうと、詳細を知らせた。

三人はロルドスを驚きの目で見た。そのあと、マラガンがいった。

「それだけか？　そのためにかれはわれわれを殺し、友であるあんたもかたづけようとしているのか？　頭がおかしいのじゃないか？」

「職務を放棄すれば裏切り者になることを忘れないでくれ。チェルタイトリンは、公爵たちがそのことを嗅ぎつけて、あなたたちを送りこんできたと思ったのだ。だから、あなたたちを殺すしかなかった。わたしがかれの計画を知っていることも、かれはわかっている」

「なぜ、かれはさっさと辞めないのだ？」

「いままでに何度も、そうしようとした。かれはもともと科学者だが、艦隊勤務においてもすぐれていた。だからこそ、クラトカンの指揮官になったのだ。辞めるには退役まで待つしかないが、それでは長すぎるので、脱走しようと考えている。わたしはそれを真の意味での逃亡だとは思わないが」

「ところで、クランにはどうやったら行けるのだ？」ファドンがいった。「だれもわれわれのために船を出そうとはしてくれない。チェルタイトリンはもちろんのこと」

「そうするよう、かれに強要する」ロルドスは断言した。

マラガンはかぶりを振った。

「でも、どうやって？」

「ただ逃亡計画の証拠があればいい。それは金庫のなかにはいっている。だが、だれも近づくことができないのだ。コードを知っていればべつだが」

「あんたは知っているのか？」

「いや」ロルドスは認めた。「だが、どこにあるのかなら知っている。それをとってくることはできる」

「わたしたちのために、そんな危険を冒してはいけないわ」スカウティはいった。

ロルドスは彼女を見つめ、

「自分のためでもあるのだ」と、しずかにいった。

＊

夜間にターツが明確な許可なしに司令本部にはいるのは、きびしく禁じられていた。それでもロルドスはくよくよ考えなかった。警備員たちは顔見知りだし、かれが夜、しばしばチェルタイトリンに呼ばれることを知っているから。

それでもなお、リスクであることに変わりはなかったが。

ともかく、その日はしずかに過ぎていった。心配するようなことはなにも起きなかった。その日に作戦を実行にうつそうというかれの気持ちは強まった。

ロルドスは呼びとめられることもなく建物にはいり、チェルタイトリンの居室と執務室がある場所まで、わき目もふらずに歩いていった。だが、そこにつく前に、思いがけなく、パトロール中のクラン人警備員に呼びとめられた。

「こんな遅くに用事か、ロルドス？ 尋常ではないな」

「指揮官から呼ばれたもので」ロルドスは先を急ごうとしたが、ひきとめられた。

「そうあわてるな。では、チェルタイトリンのところに行くのか？」ロルドスがそうだと答えると、クラン人の口調ががらりと変わった。「嘘だ！ どうして指揮官にきみを呼ぶことができるのだ。かれはきょうの昼から、カニムール人の捕虜を尋問するため、衛星シムロルに行っているのだぞ。明朝までもどってこない」

ロルドスは驚きをかくそうとしたが、すぐには信憑性《しんぴょうせい》のあるいいわけを思いつくことができなかった。

「カニムール人？」かれは話題をそらそうとした。

「カニムール人の船が拿捕《だほ》されたのだ。クラトカンにステーションを設置した船だろう。

だから指揮官はここにはいない。本当の狙いはなんなのだ、ロルドス？」

「それは、わたしの問題です」

「頑固なやつだ。これから、きみをドランピエルのところに連れていく、チェルタイトリンの不在中は、かれが司令本部の責任者だ」

運命に身をゆだねるしかなかった。指揮官代行のドランピエルのことは知っている。ロルドスはいつもドランピエルから不信感をもってあつかわれていた。チェルタイトリンの腹心の部下として通っているからだ。

もしや、それには特別の理由があるのだろうか？

突然、希望がロルドスのからだを駆けぬけた。もしかしたら、すべてが終わったわけではないかもしれない。

ドランピエルはまだ起きていた。ロルドスが許可なくして司令本部をうろついていたと警備員から聞かされて、心底、驚いている。好奇心が目ざめたようだ。ドランピエルは、ライバルであるチェルタイトリンとロルドスが親密なことは知っていた。なにがこのまったく異質のふたりを結びつけているのか、想像することはできなかったが、それはロルドス自身の目的にかなっていたのかもしれない。

ロルドスを自室に連れてくるように命じ、そのあと、警備員ふたりを外に出した。ドランピエルは口を開く前に、とまどっているロルドスをしげしげと見つめた。

「さて、ロルドス、なにかわたしに報告することはないのか？　嘘をどう弁明するのだ？」ひと呼吸おいてから、つけくわえた。「チェルタイトリンともっとも親しいきみなら、かれがもう何時間も前から衛星シムロルに行っていることぐらい知っているはずじゃないか。いったい、かれの部屋でなにをしようとしていたのだ？　ひょっとして、鍵も持っているのか？」

「鍵は必要ありません。通用口の暗証番号を知っていますから」

「わたし以上に知っている」ドランピエルは唖然としながら、認めた。「で、なにをしようとしていた？　もちろん、チェルタイトリンの不在は知っていたのだな」

「誓って、本当に知らなかったのです」

「その言葉を信じよう。だが、なにがしたかったのだ？」

ロルドスはためらい、ドランピエルを探るように見た。

クラン人の目から、その考えと意図を読みとるのは容易ではない。だが、ターツの目から読みとるのはもっとむずかしかった。ふたりのまったく異質な者どうしが、じっと見つめあい、相手の意図を探りだそうとしている。

ロルドスは考えた。もし真実を打ち明けたら、ドランピエルは友にして協力者となるか……あるいは仇敵となるか。チャンスは五分五分だ。いや、そうじゃない！　ロルドスのことをチェルタイトリンの腹心の部下だと認めたとき、ドランピエルの声には軽蔑がふくまれていた。かれはチェルタイトリンを好いていないのだ。ロルドスとふたりだけのとき、チェルタイトリンもまた、ドランピエルの悪口をいってはいなかったか……?

「指揮官のデスクに探したいものがあったのです」ついにロルドスはいった。

ドランピエルは身を乗りだして、ロルドスをじっと見た。

「なにをだ、ロルドス?」

ロルドスはふたたび、ためらったが、勇気を振りしぼって、打ち明けた。

「金庫を開けるためのコードを。かれがデスクにかくしているのを知っていました」

「金庫? きみが興味を持つようななにが金庫にはいっているのだ? もしそれが艦隊の秘密計画に関わることなら、わたしはきみをスパイと見なすしかない」ドランピエルはやや逡巡《しゅんじゅん》したあと、かすかにほほえんだ。「だが、それが個人的なものだというなら、目をつぶってやってもいいぞ。その意味はわかるだろう……?」

ドランピエルがなにをほのめかしているのか、完全に理解したとはいえなかったが、ロルドスは問いかえした。

「あなたも、あのベッチデ人三人を公爵たちのスパイだと思っているのですか、ドランピエル?」

「もちろん、思っていない」即答だった。「きみは間違っているぞ、ロルドス」

「わたしじゃありません。チェルタイトリンがそう思っているのです。そのため、かれはわたしに、捜索活動の最中に三人を事故に見せかけて殺すという任務をあたえました。これでおわかりでしょう？」

ロルドスの見るところ、ドランピエルはまちがいなく愕然としていた。

「なにをいっているのだ？ チェルタイトリンがそのような任務をきみにあたえたというのか？ とても信じられない」

「本当のことです。理由は納得できます。チェルタイトリンはあの三人を、公爵たちの命令をうけて自分の秘密計画を探りにきたスパイだと思っていました。まさにその計画書が金庫にはいっているのです。わたしはかれに不利な証拠として、それをとりにきました。かれがわたしまで脅してきたからです。これが偽りのない真実です。さ、わたしに協力すれば、あなたは望みを叶えることができるのですよ」

指揮官代行は考えこんだ。ロルドスの言葉は納得できるものであり、自分自身の推測を裏づけるものだった。とはいえ、チェルタイトリンがどのような計画をたてているのかは知らない。ドランピエルはそれについて質問した。

ロルドスは安堵した。これで同盟を結ぶ相手ができた。もっとも強力な相手が。

「チェルタイトリンは可能なかぎり多くの将校と乗員をともなって、ひそかにこの基地を去るつもりです。それは公国にたいして、すくなくとも友好的とはいえない行為です。

かれがどこに向かおうとしているのかは、わたしにもわかりませんが、計画書に記されているのはまちがいないでしょう。それを見たいとは思いませんか?」

ドランピエルはうなずいた。

「見たいとしても、用心しなければならない。もし、きみのいうことが誤りで、わたしが金庫を開けたことをチェルタイトリンが知ったなら、わたしはむずかしい立場に追いこまれる。それゆえ、わたしにできるのは、最後にチェルタイトリンと会ったさいに部屋に置き忘れたものを探したいというきみの願いを許可することだけだ。該当する許可証を出そう。成功したら、すぐに連絡してくれ。わたしは起きているから」

ロルドスは許可証をうけとった。ドランピエルは警備員ふたりをなかにいれ、ロルドスに自由に建物のなかを動きまわる許可をあたえたと伝えた。

ロルドスは無言で、ドランピエルの部屋を立ちさった。

劇の最終幕がはじまった。もしチェルタイトリンが抜け目なく、計画書を前もって処分していたとしたら、ロルドスの負けだ。

7

ロルドスはぶじにチェルタイトリンの居住区域の通用口から、執務室にはいっていった。デスクの引き出しのなかに、一見、無意味に思えるアルファベットと数字の書かれたメモを見つけた。

半時間後、そのコードがさらに暗号化されているとわかった。ロルドスにはコードを解読することはできない。かれは即座に決心し、ヴィジフォンを使ってドランピエルに、ベッチデ人のサーフォ・マラガンを呼んでほしいとたのんだ。

ドランピエルは了解し、なんの質問もしなかった。

＊

マラガンは宿舎の前で待っているグライダーに乗りこんだとき、いい気持ちはしなかった。クラン人のドランピエルがなにを欲しているのかはわからないが、いいことではなさそうだから。いずれにしても、ロルドスが自室にいないことは事前に知っていた。

ロルドスはなにかの罠にはめられたのではないだろうか？

警備員ふたりがマラガンをドランピエルのもとに連れていった。ドランピエルからすぐさま事情を聞き、マラガンは胸をなでおろした。警備員たちにチェルタイトリンの居住区域に連れていかれ、なかにはいる。そのあと、ふたたびドアは閉められた。

ロルドスがやってきた。

「ここに暗号化されたコードがある。手伝ってほしい、マラガン。すべては金庫を開くことにかかっているのだ」

ふたりはすわった。

マラガンはメモを手にとり、注意深く目を通した。数字とアルファベットが記されている。数字は数字、アルファベットはアルファベットで単純にならべてみたが、なんの成果も得られなかった。金庫についた三つのダイヤルをよく見たところ、数字のみで、アルファベットは書かれていない。ではいったい、メモに記されているのはなんだろう？

マラガンはロルドスのほうを向いた。

「わたしはクランドホル語はわかるが、アルファベットの順序は知らない。それを書きだしてくれないか？」

ロルドスは驚いたようだが、おもてには出さなかった。紙を一枚とると、ぎごちなく書きはじめた。デスクはクラン人の手に適していたが、大トカゲには向いていないのだ。ようやく書きおえて、紙をマラガンのほうに押しやった。

こんどはマラガンが書きはじめた。チェルタイトリンのメモに記されているアルファベットを、クランドホル語のアルファベットの順序どおりに、数字に置きかえていく。その結果、数字だけの連なりとなった。

「これが金庫のコードだ」かれはいうと、ロルドスに紙をわたした。「さ、運だめししてみるといい」

ロルドスは紙をうけとり、金庫まで行った。三つのダイヤルごとに四回ずつ、数字を打ちこんだ。打ちおえ、開閉メカニズムを動かしながら、息をつめる。

金庫の装甲扉が開いた。

＊

チェルタイトリンは捕虜となったカニムール人を容赦なくあつかった。捕虜はためらいつつ自白し、それにより、自動ステーションの設置はかれの単独行動であって、深刻に憂慮するような根拠はないと判明した。

連絡船でクラトカンにもどったときには、すでに午前になっていた。二、三時間の睡眠をとれば、気分がよくなるだろうとチェルタイトリンは思った。そのあとで、緊急問題であるロルドスの件を考えよう。すこしぐらいあとまわしにしても、どうということはないだろう。

司令本部の建物にはいり、一刻も早く睡眠をとるために、自分の居住区域へ急ぎ足で向かった。ドアに鍵がかかっていないことに狼狽しながら、すばやく部屋にはいると、デスクの向こうに指揮官代行ドランピエルがすわっているのが見えた。

チェルタイトリンは急に立ちどまった。ライバルであるドランピエルの、すべてを知っているその目つきを見たとき、心臓の鼓動がとまった気がした。

次に、金庫が開かれているのが見えた。

「公国からわたしにあたえられた権限によって」ドランピエルはしずかにいった。「ここに、あなたのクラトカン基地指揮官としての職を解く。量刑については、追って決定される。しかし、それほど重くはないだろうと確信している。公国にたいして、あなたはいまだかつて重大な損害をあたえたことがないから。待て、そのままでいろ、チェルタイトリン！　逃亡しても意味はない。あなたの立場をいっそう悪くするだけだ」

チェルタイトリンはドランピエルをじっと見つめた。

「ロルドスか？」

ドランピエルはうなずいた。

「そうだ、ロルドスだ。かれを不当にあつかったようだな。だが、あなたの最大の誤りは、ベッチデ人三人を殺させようとしたことだ。かれらは公国となんの関わりもない。ただ幻を、つまり、伝説の幽霊船を探しているだけなのだ」

「幽霊船……」チェルタイトリンはぼんやりとつぶやき、近くにあった椅子に、のろのろとすわった。「これで目的を達したな、ドランピエル。こんどはきみが指揮官だ」

「目的ではなかったが、必然的にそうなった。居住区域からはなれないようにお願いする」

「つまり、わたしは監禁されるわけか？」

「べつのことを期待していたのか？」ドランピエルはいうと、立ちあがった。「これで失礼する。ほかにまだ、かたづけなければならないことがあるので」

チェルタイトリンはドアが閉まるまで、黙ってうしろ姿を見ていた。

＊

ベッチデ人三人が新しい指揮官のもとに連れていかれるとき、ロルドスも同席した。話をする許可を得たのだ。

マラガン、ファドン、スカウティは、ドランピエルが質問をはじめるまで、礼儀正しく待っていた。

「きみたちは、できるだけ早くクラトカンを去りたいのだな？」

「第一日めからそう願っていました」マラガンがいった。「でも、妨害されたのです。そのわけを、あなたはご存じです、ドランピエル。ですから、もう一度お願いします。われわれを、公国の拠点惑星クランに向かう最初の艦に乗せてください」

ドランピエルは思わずほほえんだ。

「それはまず不可能だ、友よ。わたしのおぼえているかぎり、ここから直接、クランへのコースをとった艦は一隻もない。おまけに、この宙域では宇宙船の数がすくなく、欠乏に耐えている。だから、ほかの提案をしよう。きみたちを、クラトカンを出発する最初の艦に乗せる。目的地は艦隊ネストのひとつだ。わたしの推薦状があれば、そこからさらなる飛行が可能になる」

マラガンはうなずいた。

「われわれが出ていくので、あなたはよろこんでいるのでしょう？」

「正直いって、そうだ。だが、それがきみたちの思いでもあるのだろう？　わたしの勘違いでなければ」

「そのとおりです」マラガンはいった。次の質問は、ドランピエルにとっても意外なものだった。「われわれは巨大な幽霊船を探しています。いままでに、自分の目でそれを見たことのあるクラン人はいますか？」

「いるわけがない」ドランピエルは断言した。「伝説以上の何物でもないから」

「では、クランドホルの賢人のことは？」

「なにも知らない！　おそらく、それも伝説にすぎないのだろう」

ドランピエルが真実を語っているのかどうか、マラガンにはわからなかった。それでも、クラトカンでしかけられた罠から脱出できることを、自分も仲間ふたりもよろこんでいる。これ以上の詮索はやめたほうがいいだろう。

さらに他愛のない会話をかわしたあと、ドランピエルは客人たちに、宇宙船が艦隊ネストに向かって飛ぶ命令がくだりしだい知らせると約束して、別れを告げた。

ロルドスは三人とともに、宿舎にもどった。

「ドランピエルにわたしをターツ警備隊の指揮官に任命した」かれは誇らしげにいった。

「本来なら、あなたたちに礼をいわなければならないところだ」

「自分自身に感謝すべきよ」スカウティは訂正した。「こちらこそ、あなたに感謝しなければならないわ。あなたがいなかったら、きっとチェルタイトリンは目的を達していたでしょう。砂漠での行進のことを思いかえすと……」

「多くの幸運に恵まれた」ロルドスはいった。

＊

三日後、マラガンたちは、《ブロッドム》という名の巡洋艦で第十七艦隊ネストに向かって三時間後に出発するという報告をうけた。

ロルドスとの別れは友情に満ちたものだった。生きのびたターッ四体も、不思議な異人に別れを告げるためにあらわれた。ドランピエル自身は急用のため、こられなかったが、多幸を祈るとの言葉をよこした。

グライダーが全員を宇宙港まで運んだ。

「足もとに宇宙船の金属の床を感じられるのはうれしいわ」クラン艦の特徴的な輪郭が遠くに見えたとき、スカウティはいった。「もう充分に長く惑星の地表を歩いたから」

「わたしも同じだ」ファドンがうなるようにいった。「わたしは五センチメートルほどちいさくなっていた。かたい床はめりこまないからな」

「わたしは、そもそも宇宙空間というものが好きではない」ロルドスは打ち明けた。

「だから、チェルタイトリンがわたしを前線に送ろうとしたときは、大変なショックをうけた」

「ところで、かれはどうなったの？」スカウティは訊いた。

「まだ決まっていないが、たぶん、艦隊の職務を解かれることになるだろう。これ以上、艦隊内部の責任ある地位につく意味がない。遅かれ早かれ、あらたな危機を招くだろうから。自分の真価を発揮できる、いずれかの研究プロジェクトをまかされると思う。つまるところ、チェルタイトリンは本当の悪人ではなく、特殊な事情のもと、無理やりいまの職務を押しつけられたのだ。だから、真の意味での刑罰はあたえられないだろう」

マラガンはロルドスの声に、深い満足の響きが混じっているのを感じとった。ロルドスとかつての上官チェルタイトリンの結びつきは、ここ数日間に起きた出来ごとから推測されるよりも、もっと深いものだったにちがいない。チェルタイトリンが結局はふさわしい仕事を得ることになり、ロルドスは明らかにほっとしていた。

やがて、グライダーは目的地に到着した。

マラガンもスカウティもファドンも、公国第十七艦隊のネストで、なにが自分たちを待ちうけているのか、知るよしもなかった。

クラトカンで見舞われたような運命以上に悪いものにはならないだろうが。

かれらは期待を胸に乗りこみ、《ブロッドム》はまもなく出発した。

艦が通常空間をはなれて時間軌道にはいったとき、フェロイ星系の黄色恒星は、もはやひとつの光点でしかなかった。

あとがきにかえて

小津　薫

ドイツ語のフィクションを翻訳しはじめてから、どれくらいの年月が経っただろう？　ベルリンの壁が崩壊したころは、まだ英米もののミステリを翻訳していたのは確かだ。その後、『ベルリン・ノワール』というドイツ語のアンソロジーを翻訳し、朝日新聞の書評欄でほめていただいた。それがきっかけとなって、以来、ドイツ語一筋で翻訳をつづけている。なかには『プリオンの迷宮』のようなスイスのものや、『インスブルック葬送曲』のようなオーストリアのもの（以上、扶桑社刊）もある。ドイツのものでは、羊たちが大活躍して殺人犯を捜すという奇想天外な『ひつじ探偵団』や、セバスチャン・フィツェックの『アイ・コレクター』や、若者たちの思いつきが、ある男の運命を根底から変えてしまう物語『謝罪代行社』（以上、早川書房刊）などがある。よい作品に出会え、心を躍らせながら翻訳できるのは、ほんとうに幸せなことだと思っている。

訳者略歴　同志社女子大学英米文学科卒，ミュンヘン大学美術史学科中退，英米文学翻訳家，独文学翻訳家　訳書『謝罪代行社』ドヴェンカー，『アイ・コレクター』フィツェック（以上早川書房刊）他多数

HM=Hayakawa Mystery
SF=Science Fiction
JA=Japanese Author
NV=Novel
NF=Nonfiction
FT=Fantasy

宇宙英雄ローダン・シリーズ〈503〉

惑星《わくせい》クラトカンの罠《わな》

〈SF2023〉

二〇一五年八月　二十　日　印刷
二〇一五年八月二十五日　発行
（定価はカバーに表示してあります）

著者　クルト・マール　クラーク・ダールトン
訳者　小《お》津《づ》薫《かおる》
発行者　早川浩
発行所　株式会社　早川書房
郵便番号　一〇一 - 〇〇四六
東京都千代田区神田多町二ノ二
電話　〇三 - 三二五二 - 三一一一（大代表）
振替　〇〇一六〇 - 三 - 四七七九九
http://www.hayakawa-online.co.jp
乱丁・落丁本は小社制作部宛お送り下さい。
送料小社負担にてお取りかえいたします。

印刷・信毎書籍印刷株式会社　製本・株式会社川島製本所
Printed and bound in Japan
ISBN978-4-15-012023-8 C0197